留時里

文刀莎拉 著

推薦序
從《流失里》到《留時里》

張菁芬（國立台北大學社會工作學系副教授）

時間與空間交織下的生命脈絡

就像「流失里」里長說的：「我們每個人，都在自己的經緯度上生活」。但，每個人也都會在生命中和他人交流，人看似那麼的自主，卻又那麼地依附。不論在「時間」及「空間」向度上，看似沒有關聯，卻也總會和其他人有關係。人與人的關係脈絡，交織在時間向度上，也讓生命撞擊出不同的火花！

從《流失里》中，無法在空間找尋到的地理區域，似乎和這個世界沒有交集，但透過尋找物品的主人，其實緊緊的繫著空間脈絡下人的情感。《留時里》，看似時間定格，與其他世界平行，其實在情感上緊密的交織著！

《流失里》到《留時里》兩本書，透過看似無重力的故事流，但是，里民間的緊密的情感，已經突破了親情、社會價值及時空的限制！

移動或靜止，皆是日常、也是無常！

《留時里》，留在時間格的里民，看似依舊如常的方式生活著，誠如人們期待著將美好的事物都留在當下。然而，留時里的里民持續的常態人生，因著無法體驗生命流轉的春夏秋冬，令人懊惱。透過了「移動城堡」、透過了里民們集體的情感匯聚，突破了時間及空間的困局，開啟了與常民社會的交集，突破了日常、也啟動了無常！留時里里民的時間開始可以流動了，里民的生活空間和他人有所交集了，為里民開啟了「無常」，也開啟了「喜樂」！

「存在」，由誰來界定！

生命歷程中的喜怒哀樂，常因著他人及環境而起伏！人們，看似自己選擇想要的自主生活模式，其實常常被框架著，由他人來界定自己的生活、決定自己的生命！《留時里》，具有深刻的哲學意涵，帶領著我們透過平實的故事，參透人們內心深刻的議題！

推薦序
計時開始

林淵源（建築師、君子雜誌專欄、幼獅雜誌專欄作家、插畫家）

「糟糕、時間不夠用！」「唉、時間過得好快！」「完蛋、時間來不及了！」

我們似乎一直都在談論時間，抱怨時間，哀悼時間，可是到底時間在哪裡？時間的形狀是啥樣子？如果時間是可以計算的物理量，那麼失去的那些時間都跑到哪裡去了？

書中「留時里」的居民因為時間不再指向未來而感到失落，我猜這份殘缺感應該跟大多數的我們對於時間無法轉向過去的悵然是等量的吧！也就是說，一直在抱怨著時間不夠而一生太短的人們，當有一天發現自己身處的世界不再有年歲，而每個人將會平白多出一〇〇年、二〇〇年甚至一〇〇〇年的人生要去過，你會不會為此感到害怕？如果人們害怕死亡是因為對於未知世界的恐懼，那麼生命不會變老也不會結束所帶來的那一份未知，我猜不見得比死亡好過多少吧！

於是那個里的居民渴望著可以生老病死的人生，可能是因為生命的本質就該流動，人們需要藉由樹葉枯黃與花瓣凋零來認識「活著」這件事。而如果要讓「活著」產生意義，恐怕就是得讓「死亡」繼續存在。正如我們需要藉著移動到他方，在回看時認得了故鄉的樣貌。如同書裡來自「留時里」的主人翁一直在書頁之間旅行，用她的流動來對照她家鄉裡居民的不再流動；也讓我們看到她在找尋一種錨固方式的急切對照著家鄉人們想擺脫被錨固的渴望。錨固了，擺脫錨固，繼續找尋下一次錨固，這也是流動。

生命中沒有小事，每一件發生的日常與非日常都有其意義，只要時間仍在流動，我們就好好活著吧！

推薦序

善盡自己的力量

孫國欽（吉時國際娛樂傳媒公司董事長、電影《雞排英雄》《陣頭》《逗陣ㄟ》出品人／監製）

在安逸的生活裡，是否容易因為日常過得穩定所以不想前進？

在過於注意自己的煩惱時，是否因為太專注而忘記周遭家人朋友的關心？

經常性將這些視為理所當然，便容易忽略而讓家人朋友與自己彼此沒有了互動，便也是現代社會人與人之間少了相互連結的因素。

我們的生活作息是有慣性的，是有一定程度的依賴性，若臨時有突發狀況很容易會因此忘記而延續以往的習性繼續做事，所以讓自己有所自覺，才能讓自己活在當下。

書中里民因為任務結束而時光停留住，不敢對外連結而選擇只在自己熟悉的地方生活，不也像我們一旦有了安穩的生活之後，就不敢冒險也不敢嘗試新的挑戰；而對於彼此愈熟識的家人朋友，更是無法敞開心胸的面對，以為都了解彼此，不用多去理解與關心。

很多的日常假裝不知道的事，會造成彼此的距離與冷漠，往後便會耗費許多心力，需要借助各方的協助與配合，才有機會破冰讓彼此關係更緊密。

所以透過書中的故事，期許我們在生活之中，可以有更多的自覺，不論對家人朋友，不論對事對物，為愛我的人與我愛的人善盡自己的力量！

目次

推薦序

「每天往前走的日子，你確定時間是在向前方流動嗎？」

——留時里　里長

「留時里」里長

夏天的蟬聲開始綿延不斷，這是我最愛的季節，因為我特別喜歡喧鬧的蟬聲。

夏蟬在樹林裡從遠到近，一整片齊聲昂揚，有時候還會悠長拉著飆高的尾音，就像小提琴拉到一個小節，把弦停在琴上，拉出持續不斷地顫音般，好聽極了，我常靜靜地坐在角落聽著蟬唱，可以連聽一、二個小時都不會膩！

記得某段記憶裡，有人跟我說過，他最怕夏天的蟬聲，晚上會吵得他睡不著，說這句話的人，已經消失不見了，正確的說，應該是他還活著，只是沒有人知道他在哪裡？以什麼名字？什麼樣的生活方式，繼續每天往前走的日子。

我坐在畫室裡，拿起嫂嫂子薇的畫筆，在小小的畫布上，隨意勾起線條，畫了一座小島，島上有座小山，小山上有棵衫樹，島邊有座帆船，然後是一大片海洋。擠了一點藍色顏料，沾了一點點白，開始想要替那片海塗上顏色，但舉起畫筆又放下了。自從他消失了以後，對於我來說，某些有意義的事不再有意義，有一個小小角落被搬空，早上起床，覺得房間裡少了什麼東西，緊密節奏的生活突然空泛閒散，凡事都意興闌珊！

我叫時計，心理年齡一直停留在三十歲，但也許，我的實際年齡超過四十歲了吧？因為某種原因，我們這個里每個人成長到五十歲，外貌就不會再改變。

但現在的世界，誰會在乎你的外貌是否停在五十歲呢？因為科技已經發達到可以把五十歲的外貌變成二十八歲最美的樣子，只要你不對人提起自己的年紀，誰也不會知道你真正的年齡。

時計，顧名思義是計算時間的器具，諸如時鐘、手錶，都是計算時間的工具。我也會把工作排進行事曆，但時間的流逝，對於我幾乎沒有影響，或許該說是沒有實質意義。唯一有意義的是工作時必須要對應相應的日期與時間。

我的職業是里長，「留時里」的里長，上一任里長去年剛退休，他說：「累了，想去開一家餐廳，聽客人在吧台說故事給他聽。」所以他提領了部分里民基金，就到某個城市裡去開了家小酒館，但是也兼賣他最拿手的獨家手沖咖啡。偶而，我出門去工作時，會特地飛到他所在的城市，到他開的小酒館，喝杯我懷念的手沖咖啡。

小酒館的名字取得就是他的出身地，叫做：「流失里」，也許是名稱吸引太多大城市裡孤獨的靈魂，下班後常常生意爆棚，門外常有人寧可站著喝酒，也要等待裡面空出座位，因為小酒館裡只有六個座位。他說，聽人家說故事，抱怨自己的生活，要稍微專心聽，就只能放六個座位，太多就消化不良了。

我們現在的里名稱叫做「留時里」，但在「留時里」的名稱前，就叫做：「流失里」，前里長把舊里的名稱直接拿來當作小酒館的店名。

那時候「流失里」專門為人送回遺失的物品，工作艱難。對於失物主有重要意義的遺失物品，會莫名的掉進「流失里」的大鐘塔，前任里長那裡有一本記事本會自動出現紀錄了遺失物的主人居住在那座城市、在哪個時間地點我們可能會找到遺失物主人。但這份工作的艱難之處，不在於千里迢迢送回遺失物或是在時間期限內將物品還回給失物主，而是要如何讓失去物品的人毫不懷疑、心悅誠服的收下自己遺失的東西。

因為這份工作，里民承受著很大的壓力。遺失物不是每天都出現，我們就像在海邊等待漂回岸邊的東西，這些東西的主人還需要我們跑遍大半個地球、利用各種方法、各種心計以後，才能順利將東西送到失物主手上。僅有五千人口的迷你小里，因此被綁在這個里上，時間為了特別的任務停止，我們的身體年齡因此好像停在五十歲就不再往前了，大概這個年紀以下身體肌力剛好有利行動、同時脾氣與耐性已經不像年輕人那麼容易衝動誤事了吧？當時「流失里」必須要還回失物一千件以後，才能解除這份任務。

某一天，當我們終於完成這份任務時，這個迷咒卻好像仍然停留在那，就是「留時里」這個里的名稱，再度回到我們身上，因為我們最原始的里名稱就叫做「留時里」。時間，就這樣停在那一天，我們的身體狀態也就停在那一天的那個年紀裡。

而那一天，剛好是我三十歲生日。而在「流失里」時期，我們里所在的位置，外人幾乎找不到，偶而有某些人會因為迷路闖進來，里民會巧妙指引他們走出去，就像百慕達三角洲一樣。而「留時里」時代則是時間停住了，里所在的位置一樣在外人難以尋得、地圖之外的地點。

現在「留時里」的里民們因為身體年齡停住增長，讓我們幾乎不想再看日曆，而最明顯的年歲變化就剩下四季了。每一個季節的變化，都是里民最享受的時刻。[1]

前任里長覺得自己彷彿落到某種輪迴裡，掙脫不開的緊箍咒，只是變換成另一種形式回到他身上，所以某天他對我說：「時計，你應該算是里上最年輕的人，也比較承擔得了這樣無形的壓力與重責大任，里長的工作以後就交給你了。我要去開家餐廳，聽別人說故事，把我空白的生活補回來。」就這樣，里長帶著他的美食寶典與簡單的行李，隨意打包就走。

某天，他從遠方的大城市發張明信片給我，說他已經落定在那個城市，叫我有空去看他。為了懷念的里長美食與咖啡，我特地飛了一趟里長所在的大城市。

1 此處與前作《流失里》有連貫處，歡迎尋前作劇情彩蛋。

「真正在走的是生活，不是時間。」

我到現在都還是稱呼他「里長」。

里長的店就像一個航海座標，找到那個座標，心裡面某個空虛的角落就似乎暫時被填補了起來。很自然的，許多心裡沒有人可以傾訴的話語，就會門戶大開地全部對里長說出口。這也是里長的魅力所在，難怪他的小酒館總是擠滿人。

我對里長說：「里民現在流行種花、種草、種水果、種大樹，因為有生命的植物對應氣候，會展現出生命成長的狀態，比較容易感覺得到時間是一直往前走，反而日出日落，就像風景明信片一樣，已經麻木了。」

里長聽完，只淡淡的笑著對我說：「真正在走的是生活，不是時間。」

總是一語點破某些事，里長真是睿智，我也贊成，一仰飲盡手中冰凍的伏特加當作是贊同的回答。

但是，「里長，既然您都這樣說，為何還不回去呢？」

里長笑笑：「我想要多接觸許多不同的人，枯燥的里生活久了，總想看看大世界，等我覺得夠飽滿了，一定會回去的。反正你們也都不會變，對吧？」

對啊，不會變，身體上的，心裡可是千變萬化卻掙脫不開那張無形的網。

是啊！里長說得很有道理，「每天往前走的日子，你確定時間是在向前方流動嗎？」我這樣問自己，我的生活都在緬懷過去裡度過，我想找回失去的摯友，想去愛我不能愛的人，但「留時里」的特殊狀態，我無法告訴外人，更不

能離開「留時里」勇敢地去與我所愛的人朝夕相處。除了公務之外，我的生活全在緬懷中度過，我的生活沒有向前走，而是一直停在原點。

移動島嶼樂園俱樂部

轉眼入冬，季節變化是我最愛的宇宙運行，但實在不想往歐洲飛，冬天的歐洲總是大雪，我這熱帶島嶼出生的人，真的非常怕冷，但是接手那位消失的老闆開在瑞士的公司，我不得不出門。

我特意在里長的城市轉機，去喝里長的手沖咖啡，當然還要品嚐里長的拿手菜。里長說他這次準備了中東風烤雞，我在電話這頭聽到都已經在流口水了。到了里長的「流失里」餐廳，小店外站滿了排隊的人，我低著頭走進店裡直接就往廚房走，店門外排隊的人瞪大眼睛質疑我為何可以不排隊？總之我厚臉皮慣了，完全無視這些人的眼光，何況我趕時間，而且我是里長的特別家人啊！

得意不用排隊，坐進里長的廚房，里長馬上把烤雞放在桌上，叫我先吃，他去招呼前面吧檯那些人了。看來今天時間太趕，沒辦法好好跟里長聊天，就專心享用餐點。

吃到一半，里長進廚房慢條斯理地沖了一杯咖啡給我，坐下來看著我，問我：「好吃嗎？」

「當然好吃啊，我喜歡酥脆的皮。」我擦擦嘴角，跟他說最近腸胃消化不太好，可以只吃一半嗎？」然後就趕著喝咖啡，里長手沖咖啡的吸引力，其實比烤雞的魅力大多了。

「當然可以啊！」里長把我吃了一半的烤雞用錫箔紙包起來，旁邊配上一碗湯，放在烤爐旁。

「吃不完的食物這樣留著嗎？不丟掉？」我看里長動作，好像要把我吃剩的食物留下來再利用。

里長點點頭，表示是要留下來，「門口最近有隻大狗在附近徘徊，他的主人也是。」

里長這回答，使用的語句很奇怪，「他的主人也是？所以主人是流浪漢嗎？」我懷疑地問。

里長點點頭：「剩下的烤雞餵狗，他的主人就用這碗魚湯，配麵包。」

「嗯，里長還真有心，我得去機場了，謝謝里長的美食，等我瑞士忙完再轉機過來。」我跟里長互相擁抱，然後推開廚房後門，奔向機場，飛往瑞士。

我現在是里民擁有的「移動島嶼樂園俱樂部」董事長，「移動島嶼樂園俱樂部」是我最好的朋友「阿敏」創立的，得自於「流失里」的靈感，他覺得現代人生活繁忙，也需要一座暫時可以逃離現實的島嶼，得到里民的支持，他得以動用里民基金創辦這家公司，同時替里民基金賺進許多錢。

從小一起在封閉的環境裡長大，他把情感也託付在我身上，可惜我讓他失望了，也讓他的價值觀一夕崩解！但那真的不是我可以控制的，當你遇上自己的一見鍾情時，感性總是超過理性的，不是嗎？

我最好的朋友阿敏失蹤以後，里民就委託我接手他的公司，我跟「移動島嶼樂園俱樂部」之前的特助魏民商量，請他繼續幫公司的忙，因為我不太擅長經營公司，何況這家公司的業務實在太複雜。決議就是他留在瑞士做專業經理人，有需要我的時候，就請我飛過去，這樣安排對我來說是最舒適輕鬆的，真的很感謝魏民。

我跟魏民雖然最初是因為阿敏創辦的「移動島嶼樂園俱樂部」而認識，但最終會這樣關係緊密，是因為「流失里」的一項任務分派。

那項與魏民關係緊密的任務，是尋找一瓶眼淚的主人，擁有這瓶眼淚的人正是魏民的媽媽，而眼淚的主人就剛好是在「移動島嶼樂園俱樂部」工作的魏民，距離千里、超過十年未見的母子，最後因為我終於又再度相見了。[2]

「流失里」的任務中很少有這樣的遺失物，因為這是一瓶有機體，不是一般的物件，我得小心翼翼帶著它，深怕瓶子破掉、裡面的眼淚漏光。我聽從里長的指示，到上海那座大城市去，在茫茫人海中尋找眼淚的主人。不過因為掉落到「流失里」大鐘塔裡的遺失物，里長的大本子裡都會清楚記載，在哪裡能

[2] 此處與前作《流失里》有連貫處，歡迎尋前作劇情彩蛋。

找到遺失物的主人，而每次尋找遺失物主人的時間都神奇地在控制在三天內，因此我不太擔心會無法完成任務。

飛上海一邊欣賞風景、一邊吃大餐的行程，在外灘有名的日本料理店裡，我遇見了魏民的媽媽，一位充滿智慧、深邃內心的母親。有時候，世界上的緣分就是這樣奇怪，我一見到魏媽，就覺得她長得像魏民。而當我把那一小瓶珍貴的眼淚拿出來時，魏媽也打開她的小皮包，把她珍藏十年、隨身攜帶的小瓶眼淚慢慢地拿出來。

但她說那只是普通的水，她把水裝在小瓶子裡，是為了讓自己記得，兒子是以多沉重的心離開父母。孩子不該為了父母親的生活而侷限自己的世界，父母也不該把孩子當作自己的附屬品。

那也是第一次，遺失物是以象徵性的物件出現，原來因為父子之間的執著與長達十年的冷戰，魏民離開家與父母相隔好幾千哩。

我找到那瓶眼淚的擁有者魏媽，再把魏媽帶到魏民面前，母子關係重修，我們之間的情誼因此變得更緊密。

從那次任務之後，我跟魏民就幾乎無話不談，唯獨「留時里」的事，我從來不說，也從未提及我住在哪裡，魏民也很奇怪的從來不問，有時候我懷疑他是不是知道些什麼？但或許也只是因為魏民特別沉穩內斂的人格特質，讓他從不探問別人隱私，除非當事人自己提起。他可以聯絡我的方式，只有透過科技網絡、我的手機號碼、以及我的電子郵件。

魏民說「移動島嶼樂園俱樂部」兩年後的計劃模型已經做好了，請我到瑞士參與討論。這樣的會議不適合視訊會議，我也很樂於飛到瑞士去見見他以及魏媽。

一下飛機，魏民跟他的新助理Amy就已經在機場海關出口等我一段時間了。助理Amy是出生在瑞士法語區的女孩，叫她女孩是因為她今年才二十四歲，職場人生才剛開始沒多久。

這是魏民換的第五個助理了，他總嫌這些助理少了一點用心，沒有把移動島嶼樂園俱樂部當成人生最重要的事，如果只把它當成一般的旅遊工作，那就不能完全發揮創意潛能、也無法作深入規劃，會對不起特別請假，花大把時間、金錢來參與行程的客戶。

他遵從當初阿敏創立公司的精神，客戶從移動島嶼樂園俱樂部離開，一定要帶著無與倫比的收穫，才不辜負客戶的時間、金錢、以及對於行程的期待。

魏民過來幫我提行李，我問他：「怎不找個男助理，這樣提行李就可以交給他啦！」

他笑笑，溫柔的回答我：「因為你是女性，我只是展現紳士風度。如果是男客戶，我會請司機幫忙的。」

怎麼發現他話裡有話，似乎在損我啊？也有道理，怎麼能把助理當成捆工用呢？倒是司機開車，通常會服務客戶，把行李送上車。這就是魏民，連教訓人都優雅大方、不用話語傷人的超級紳士。

阿敏離開公司消失不見之後，湖邊別墅還是由公司承接下來，魏民跟魏媽住在那，俱樂部招待訂購旅程的客戶時，也會在那舉辦晚宴，魏媽是最得力的晚宴女主人，總能讓參與行程的客人出發前充滿期待，旅途結束後的晚宴更是賓至如歸。

我在這座湖邊別墅也有個固定的房間。魏民請管家幫我打理得很好。移動島嶼俱樂部獲利之後，我跟魏民商量就把這座別墅買下來，一方面是剛好那段時間價格降下來，另一方面全是為了等待哪一天阿敏會再出現。

魏媽跟管家很早就在門邊等著我，一下車，我就奔向魏媽需索緊緊地擁抱。

每次抱著魏媽，我才知道自己有多缺乏擁抱！

跟哥哥雍奇與大嫂子薇同住，他們兩人有自己的生活，我幾乎等於還是獨自一人，沒有人會在清晨給我一個擁抱，或是夜晚入睡時能夠彼此擁抱入睡。床邊放滿布偶，但無法替代身體的溫度，總要回想一下小時候爸媽牽著我的手、抱著我的時候，才能慢慢入睡。當入睡都變得困難時，失焦的生活就變成難以繼續的磨難。

我猜想，常常有焦慮的里民騎著自行車重複上坡、下坡的騎著那條通往里民聚會所的大陡坡，是不是因為跟我一樣，對於留住時間的里，即使離開也無法掙脫那種時間不會往前、無形的網，不能對他人提起、無法愛上不屬於這個里的人，生活在時間裡失焦的那種迷失？

還好我總有份工作，可以分出一些精神與心靈寄託在工作上，暫時忘卻那些煩惱，但沒有工作或精神寄託的里民，或許真的就無處可去了。

我想這次回去，我這里長該做點事情，替失焦的里民安排些工作，讓他們重回精神有寄託的生活。

「如果與自己關心的人、所愛的人在一起生活，不論那段生活是在哪裡，經歷的時間或長或短，都能讓人扎實感受生活是一直在往前進行吧？」

清晨，湖畔的天鵝結伴，彼此交錯著長長的頸子，看了好羨慕。瑞士的空氣真是太清新了，我做完瑜伽，就急著衝去餐廳吃魏媽準備的早餐。

魏媽跟馬來西亞籍的廚師正在廚房一起準備今天的早餐「英式鬆餅」，這是我最愛吃的早餐之一，再配上英式奶茶，就是超完美早餐組合。

魏媽說：「咖啡去公司喝吧，英式煎餅就是要配奶茶才會美味。」魏媽那套美食哲學跟里長不太一樣，里長的美食一定都是配上咖啡或各種酒類，兩者的美食經緯完全不同，但都同樣讓人倍感幸福美味。

我心裡暗自想著，這就是里長說的：「會往前進的是生活，而不是時間。」

如果與自己關心的人、所愛的人在一起生活，不論那段生活是在哪裡，經歷的時間或長或短，都能讓人扎實感受生活是一直在往前進行的吧？

超過四個月沒有進公司了，還是那些面孔，沒有增加或減少什麼人，公司裡的同事我向來不太清楚有哪些，更別說要記得他們的名字了，因為對於人事我完全交給魏民決定，毫不干涉。

我面對這些同事的傻方法，就是給他們一個咧開嘴、大大的微笑，就像很大的太陽照耀著他們一樣，我希望帶給他們信任感、快樂感。至於要不要記得他們每一個人的名字，就顯得不太重要了。

畢竟我現在身處的狀況，就像是與他們待在不同的時區，或者該說是不同的平行空間，像分裂的鏡子一樣，同樣的場景因為鏡子裂了，景致有的在前、有的在後，照在鏡子裡的人也因此待在兩塊不同的平面，一前一後或一上一下。每當我離開「留時里」，就有這樣分裂的感覺。我多期待有一天，我們的時區與所有人一樣，我們的時間會開始往前走。我們可以大大方方地與里外的人交朋友而完全不需有任何隱瞞，而我可以去找心裡念念不忘的人，與他生活在一起。

魏民跟他口中的行銷部經理，簡單說明今年的業績狀況。我們這三年的計畫是「他鄉遠地的蜜月之旅」，計畫每一個月都能招到三十對新人可以離開親人朋友，完全自由隱密的在海中小島度過毫無限制的蜜月期。計畫已經持續進行，場景安排與執行也進行順利，整年的名額也銷售完畢，現在則是開始做明年的銷售計畫。後年新的旅程規劃啟動，我跟魏民討論的結論是，要做一個重建家庭情感的深度之旅。

那其實也是我跟他兩人的心理投射。他曾經因為父親的傳統家庭觀念，離開自己的家庭十幾年，我則因為特殊的環境影響，而有一個家人心理多少都有些缺憾的家庭。

行銷部經理建議整個園區用最簡單的草屋當作每個家庭的居住場地，但每座草屋裡都有一位心理諮商師、管家、花藝老師、廚師。而除了心理諮商師，每一位配置在草屋的人都必須接受過基礎的心理諮商課程，同時接受管家服務訓練。

而廚師不是用來做菜給家庭吃的，反而是要準備食材，為家人上烹飪課，三餐除了早餐以外，其他二餐必須是家人共同完成。這些安排的目的都是讓家人們有更多時間緊密相處，同時增加溝通的機會。每天早上，都是家庭心理諮商時間。

但行銷經理提出一個問題：「家庭裡有時候毫無個人隱私，也是一種沉重的壓力，所以行程安排三十天，會不會太長了？」

我還沒時間想清楚，魏民就接話了：「這我想過，但仔細跟心理諮商師討論過後，我們認為應該是第一個星期，家人之間就會因為大小事情摩擦而吵起來，第二個星期彼此諒解、尊重，第三個星期放開胸懷相處，第四個星期才會是家人們歡樂地盡情享受旅程。所以還是以三十天為一個時間單位。」聽完，我也覺得有道理，就同意魏民的意見。

然後，我們到大展廳去看模型的初稿。透明壓克力為主要材料的模型，依據一個月十五個家庭的計畫，製作了十五個大草屋，外加三座有泳游池、健康設施的俱樂部，一座飯店是給工作人員居住。飯店是固定建築，因為行程幾乎每三年更改一次，參與的工作人員各具專業，必須每三年重新依據行程需求聘請，而這些工作人員就都住在這座飯店裡。

老實說，我沒有參與過任何一次行程，因為這些剝開內心的行程，我是害怕面對的。所以除了那次為找尋阿敏踏上那座島，之後我從來沒有去過，儘管那是唯一還有可能與阿敏聯繫上的土地。魏民曾懷疑他躲在那座島上的某個地方不想見人，但是我們請人在島上做過非常仔細地搜查，完全找不到他的身影。

看完模型，大家快速地討論完需要修改的部分，魏民告訴我，今年英國的客戶增加百分之十五，他想再加重這個市場的客戶，所以英國幾個重點城市，包括倫敦、曼徹斯特、愛丁堡等會增加聘僱的業務人員。

一聽到愛丁堡，我就走神了，沒辦法再集中精神聽魏民說些什麼。

我與我認定這輩子最愛的人Anna，就在英國愛丁堡相遇。那是我在「流失里」的第一個任務，掉在大鐘塔裡的遺失物，是一個包裝未拆的粉紅色芭比娃娃。里長告訴我，遺失主可以在英國愛丁堡古城堡附近的公園遇見，那一天，Anna就剛好在愛丁堡古城堡區的公園做行動藝術表演，而她長年扮演的角色就是芭比娃娃。

粉紅色芭比娃娃是她本來要送給雙胞胎妹妹的禮物，她與雙胞胎妹妹每十年都會互相贈送從十歲起得到的生日禮物。但雙胞胎也正好會喜歡上相同的人事物吧？愛上同一個人，讓她們姊妹的感情與彼此的信任消失，最後導致意外事故，而粉紅色芭比娃娃就成為最後的紀念。

我因為這個任務，認識了Anna，但也立刻發現，她就是我的一見鍾情，同時也可以說是我今生的摯愛吧？因為到現在，我還是無法愛上其他人，心裡只裝得下Anna。但我終究不能與她朝夕相處，因為「流失里」奇怪的境遇，我們不能讓人知道我們的位置、我們的真實人生。除了離開Anna，我沒有其他選擇！

最後一次與阿敏出任務時，又剛好被分派到英國愛丁堡出任務，心中一直忐忑不安，深怕再度遇見Anna，結果誤打誤撞，就正好與阿敏一起坐在Anna愛丁堡的小餐廳裡。Anna的出現，讓阿敏發現我並不是那個他心中理解的我，我的另一層個性正深愛著Anna，而且必須因為「流失里」奇怪的狀態疏遠Anna，我必須壓抑自己的熱情，遙遠的祝福Anna。那一段日子我心中總好像遺失了一片最重要的羽毛，飛不起來、也走不遠。

因為遇見Anna，從此我讓阿敏衡量人生的標準與價值觀一陣崩潰大亂後，我幾乎不曾再踏上愛丁堡，甚至連英國都沒有去了，而阿敏自那時起便失蹤了。[3]

想念Anna，超過十年沒見面，我甚至快連她的長相都忘記了，但是她就

3 此處與前作《流失里》有連貫處，歡迎尋前作劇情彩蛋。

像某種音頻或是記憶的絲帶一樣，每日隨著日出日落穿過我的耳畔、一鬆一緊的線連在我心裡的某一點，微微刺痛，又像某種調味料，淡淡的在舌上、呼吸中釋放。

由於無法再專心聽魏民說話，我只好頻頻點頭，只對他說：「我贊同你，我們就開始這樣做吧！」

留時里前里長與流失里小酒吧店長

從瑞士回程，我特意又經過里長開店的城市轉機，今天里長的店門外竟然沒有大排長龍，真是奇怪！我坐進店裡，很稀有的佔據了六個座位中的其中一個。

里長轉過身，看到我坐在吧台，笑著對我說：「怎麼，你今天也要跟那些客人一樣，對我吐苦水，說自己的故事給我聽嗎？」

「我哪有故事，故事里長全都知道啊？」以前流失里的每一個任務都是里長分派，每件尋回失物交還給失物主的任務過程，里長也都一清二楚，我怎麼還會有故事可對里長說呢？

「真的沒有故事嗎？什麼話都可以痛快說出來喔！」里長意味深長地看著我。

「里長，你有過喜歡的人嗎？為什麼到現在都還單身？」我反問里長，因為我想要聽里長的故事！

這其實也是我心裡的疑問，從我年紀很小的時候認識里長到現在，他就一直都是單身，我從來沒見過里長夫人，甚至包括里長的家人也完全都沒見過，從沒有聽說過里長有什麼家人？今天反正坐在適當的位置，剛好大膽提出疑問。這吧檯的魅力實在太奇怪了。

里長無奈地笑笑，一邊搖著頭：「時計，你的特長就是出其不意地讓人驚嚇！」然後他低頭拿起自己的水杯喝口水，抬起頭看著我，很專心的！他開始說他自己的故事給我聽。

「我曾經有個很深愛的人，但她不是里民，你還沒有出生前，我是船員，在海上的大貨輪裡日子很逍遙，靠岸下船的時候就到處去看看，某一年在南美洲的一個港口認識她，她在船員常去的酒吧當調酒師。你常問我咖啡怎麼煮得那麼好喝？其實也是她教我的，所以你才能喝到這杯妳認為是全世界最好喝的咖啡喔！」

然後里長開了一瓶啤酒，沒有特別情緒變化，表情淡然地開始繼續說：「我們的貨輪每隔二到三個月會經過她所在的港口，相聚的日子就短短幾天而已。本來我們商量好，我就乾脆定居在她的城市，一起開家小餐館。我已經下船開始找店面了，找了三個多月終於敲定，準備開始裝潢餐廳時，她突然就生了一場怪病，其實我現在回想，大概也不是什麼怪病，就是癌症吧？花光跑船的積蓄住院、檢查、治療，最後她還是走了。所以我乖乖回家種田、當里長。」說到這，里長笑了，是那種既然都努力過，就坦然放下的微笑。

「我們自己認為曾經失去的東西，也可以考慮靠自己的努力，找回來。」

「時計，我們以前幫別人把失去的東西找回，但是我們自己認為曾經失去的東西，也可以考慮靠自己的努力，找回來喔。」然後手臂往兩旁一揮，展示他的店面。原來如此，我明白了！

「里長，這裡難道就是你跟她當初想要一起開餐館的地方？」我睜大眼睛問里長。

「你很聰明，要再來杯咖啡嗎？」說完已經開始磨咖啡豆、熱咖啡杯了。煮咖啡之前，里長先調了一杯檸檬馬丁尼給我，邊說：「現在，時計，換你了，說你的故事給我聽吧！」

應該怎麼開始說呢？我猶豫著！我怕里長聽完我心裡的祕密，就跟阿敏一樣會消失不見。我最重要的心靈導師，不能就這樣消失！

「里長，你可以保證，不管我說出什麼你認為驚天動地的事，你都不會從我的世界裡消失嗎？」我要得到里長的保證，才要拖盤而出，我不希望萬一里長的價值觀跟我不同，從此就與我形同陌路。

「什麼故事那麼嚴重，要這種保證？」里長邊說邊笑著把手舉起來，「我發誓，不管時計說出什麼驚天動地的事情，我都會一直站在她身邊支持她！」

有這樣的保證，我放心了！喝了一口里長調的檸檬馬丁尼，剛剛好的酒精催化與口感很好的檸檬酸甜，我開始把我第一次出任務發生的事情慢慢地告訴里長。

第一次出任務的目的是要把一個粉紅芭比娃娃還給失物主人，這個是里長分派的任務，所以他清楚！

執行任務時碰巧就遇上我人生中的真命天女Anna，而這位Anna其實就是芭比娃娃的主人，則是里長意想之外的事情！[4]）

第一次出任務我不太懂得如何利用里長給的訊息尋找失物主，但可能是宇宙中總會出現超幸運機率，而那天的超幸運機率大概剛好分派給了我。讓我在愛丁堡城堡附近的小公園就剛好遇見扮演芭比娃娃街頭藝人的Anna，而她又正好是「流失里」必須要找到的芭比娃娃的失物主。

我告訴里長，她從早上開始工作到英國人喝午茶的傍晚結束工作，一直持

4 此處與前作《流失里》有連貫處，歡迎尋前作劇情彩蛋。

續保持熱情地微笑與不厭其煩地重複芭比娃娃般的完美姿態。觀察她一整天的工作狀態還有她燦爛如陽光的溫暖微笑，莫名地融化了我的心，我就這樣順從我的心邀請她喝杯下午茶，跟隨她走進她與好朋友一起經營的小茶館。然後走進她的家與她的世界。

「里長，你相信一見鐘情吧？」我問里長，我相信里長當初與里長所愛的人遇見，也是因為一見鐘情。里長輕輕地點點頭。

「Anna一直問我，我相信一見鐘情嗎？其實那是我第一次終於清楚知道什麼是愛，在我見她一整天熱情十足的做好街頭藝人的工作，專心扮演面帶陽光般微笑的芭比娃娃時，我就知道那就是我的一見鐘情。」

一陣混亂的訴說，我告訴里長，也許是上天故意捉弄，讓我必須愛得與他人不同，而且跟所愛的人分隔在兩個不同的世界。

最後我以為會理解、支持我的阿敏，就因為價值觀與我不同，或者因為阿敏所理解的我、愛上的那個不真實的我，卻反而愛上一個從來沒見過，第一次見面就在一起、甚至是同性的人，感到無法接受、也無法面對，就這樣從此消逝在我的世界中了！故事說完，我的調酒也喝完了，里長則喝了兩瓶啤酒！

里長的表情，一樣是那副泰然自若的樣子，沒有什麼大起大落的情緒。

咖啡煮好了，里長幫我移開酒杯，在我面前放上那杯拜訪里長一定要喝的、全世界最美味的咖啡。

舉起咖啡杯，熱氣蒸騰中散發咖啡的香氣，深吸一口咖啡香，里長的咖啡總是能安撫人心。喝了一口熱熱地咖啡，全身彷彿籠罩在里長溫暖的關懷中。我繼續勇敢地將我在愛丁堡第一次出任務遇見Anna的故事告訴里長，以及如何在那一刻真實了解自己的內在！

一口氣說完，只喝了一口的咖啡也涼了！里長跟我兩人相對沉默了許久，這時，店裡面擠進了二位客人，有外人在，我與里長分享故事的情緒也被打斷了。

里長微笑的看著我，幫我換了一杯熱水，眼神示意我坐在吧檯等他。

兩位客人一進來就點了兩三樣里長推薦的下酒菜，里長跟他們寒暄幾句後，就進廚房交代廚師，然後出來繼續在吧台跟客人聊天。

他們兩人都點了啤酒，一個人抱怨今天老闆要求他對客戶報價時，先把稅金加進去，再疊加稅金，這樣客戶殺價時，就殺不到底價！他覺得這實在有違自己的職業道德。另一位回他：「老闆報價有自己的如意算盤，但是客戶找幾家廠商一比價，貴了就出局，客戶也有客戶自己的算盤啊！」

在旁邊聽他們聊這些，對我而言，感覺就像是另一個世界的語言，與自己毫不相關。但仔細想想，任何不在那一份工作中的人，這段談話也都與他們無關，所以「另一個世界的語言」這樣的理解，是自己太看重自己的處境嗎？

如果我這麼看重自己所在的位置、地域與生活經驗，那麼「留時里」的里民們又怎麼看待自己呢？我猜那些老里民們，應該比我更有智慧面對這世界發生的各種不同、意想之外的境遇。

里長幫他們續杯後，從廚房端來他們點的下酒菜，然後對他們幽默地說：「其實我這炸小魚也已經疊加稅金，連小費都計算進去了呢！」

然後，把炸過的小魚放在他們面前，同時表演性的將特製醬汁淋在炸魚上，淋了特別醬汁的炸魚香氣四溢，那兩位客人像是正在流口水般地看著盤子裡的食物，我在旁邊看著也都要流口水了，然後客人拿起叉子，插起一小隻炸魚一口吃掉，一邊說：「老闆果然高招，加點巧思、提供別的客戶沒有的服務，高報一點價格應該就會讓客戶滿意吧？」說完響起一陣爽朗的笑聲，兩位客人又續了好幾杯啤酒。

里長的美食與巧妙化解客人糾結的想法、放下工作上的牢騷，真是太厲害了！

兩位客人開始聊起風花雪月，一天的工作壓力就這樣散開了。我跟里長使眼色，表示我也要吃炸小魚！里長無奈笑著，又端出一小盤，但幫我配上氣泡水，他知道我大概只有一、二杯的酒量！

客人們陸續進來，店門外又有站立喝酒的人以及排隊想坐進吧檯的客人，不好意思佔據吧檯座位，我悄悄地閃進廚房去坐。

今天我想等里長打烊，因為與里長的故事分享還沒結束，至少我認為故事雖然說完了，但與里長分享故事的心情感受還沒有結束，同時我也想聽聽里長的意見與想法。

廚房裡那位義大利來的廚師，一邊料理一邊唱歌，簡單明亮的廚房因為他的歌聲，整個空間好像也跟著跳起舞來一般，讓人感覺行動力也被鼓舞起來。

我在廚房沒事做，隨手打開我的筆記本，上面有「移動島嶼樂園俱樂部」的近日工作日記、里民最近希望我為他們改善的事情、行程表、費用表、里基金會的收入等，尋常繁瑣事務眾多，會讓自己忘記自己所處的奇怪境遇，所以跟著義大利廚師的歌聲，我一邊愉快的處理公事，一邊吃著炸小魚。

改善里民們生活與心情愉快的工作，是我認為最首要、卻最艱難繁瑣的工作。因為近幾年來，我們已經不需要出任務，但是時間停滯不動的狀況，讓里民們還是有活在一座玻璃罩裡的感覺。

種稻的阿平說他已經不再把多餘的稻子賣出去，因為里的人口不再增加，不需要再為里民基金賺那麼多錢，所以他把稻田面積縮小，稻米夠大家吃就可以了。

他會這樣想也是對的，到底我們留時里基金存那麼多錢的目的，當初是要讓「流失里」時代出任務的里民無後顧之憂，但是現在不需要出任務了！再也沒有遺失物會出現在大斜坡上的鐘塔，也不必再繼續執行還回遺失物的任務，任何人都可以過自己想要的生活。唯一最大的障礙可能就是有些里民的心情已經是高齡八十歲、但生理卻停在「留時里」時間停止前進的那一刻，所以因此消極嗎？還是生活裡某種習慣已經像鐘擺一樣，無意識地晃動，不會停止，但也沒有要改變的意思，只是原地不停地晃動。或者是，當里民覺得自己有哪些不具足，與「留時里」外的其他人不同時，就無法前進，總覺得會有什麼阻礙嗎？因此我這「留時里」里長所見到的里民生活狀態就是，每天起床都有很多里民在街上閒晃，大家雖然都會彼此親切問好，但心裡好像有一塊空白，不知該填上些什麼。

我曾問過子薇：「現在你應該可以為自己辦場畫展了吧？」

「從來都沒有在畫刊雜誌發表過自己的畫作，要如何辦畫展？」

她氣息很弱的回答我。

「我們申請用里民基金在國外辦幾場，從國外紅回國內，這樣應該行得通吧？」我提出身為里長的建議。

然後子薇把她平常畫好拍照存檔的相簿翻開給我看，裡面畫得都是她特有筆觸的風景畫，那些風景全是「留時里」的景致，特別是之前「流失里」時代山上那座鐘塔，作為收取世界各地失物的鐘塔，出現在每張畫作中。

那座鐘塔，現在當然也在那！

我接任里長後，沒有把鐘塔拆掉，一直留著，因為那已經是我們里民過往時代的記憶之一，同時也還是我們重要節慶時聚會同歡的場地。

所以，該開畫展嗎？如果有人問起畫作的風景是哪裡？該如何回答？

我說服子薇：「應該沒有人會特別在意你畫圖的地方，雖然都是留時里中的風景，但無妨礙吧？只要自覺畫得好，就勇敢出去辦畫展，一切都要踏出第一步才知道。」

「要是被別人發現我們留時里奇怪的狀態怎麼辦？」她不贊同的回答。

「會有人找得到『留時里』嗎？就算萬一被找到了，來我們這裡追逐風景，除非長住，否則根本看不出什麼吧？」我覺得我的回答完全合乎邏輯。

但是子薇還是不贊同，她說：「很多事情的發展，就像海浪一樣，浪湧在沙灘上，會四處發散，退去後，沙灘上會留下很多微生物、淺灘水母與各種海中生物、甚至還有垃圾，每一次的浪潮退下之後，淺灘上會出現什麼東西，都無法預測。所以在外面辦個畫展，會引發什麼效應，誰也不知道呀！」

黃金獵犬與他的主人

「移動島嶼樂園俱樂部」的工作愈來愈密集，而我也有更多機會常到「流失里」小酒吧去找里長吃美食、喝咖啡，跟那位義大利來的廚師也愈來愈熟。我常跟他聊到「移動島嶼樂園俱樂部」的工作細節，他覺得我這份事業真的非常有意義，也很有遠見。但是行程費用實在太貴了，不是他這個起步沒多久的廚師可以參加的。我笑他太謙虛了，他的美食可是非常有療癒作用。他大笑回我，餐點很多部分是里長的點子，他是個很專制的老闆。聊得正開心，里長進到廚房，看我們突然停下來不說話，也不吭聲，轉頭準備要再幫我煮一杯咖啡，因為剛才咖啡還沒喝完就涼了。我跟義大利廚師兩人伸伸舌頭，才說到里長，他就出現在廚房，真是尷尬。

里長煮的咖啡真是太美味了，可惜小酒吧不提供甜點。

里長邊看我喝咖啡，邊對我說：「今天要等我打烊，對嗎？」

我點點頭，里長就是這麼了解我。

里長也跟著點點頭，然後微笑轉身對著義大利廚師說：「煮點你拿手的魚湯，等下打烊大家一起喝吧！」說完端著客人點的餐點走到前面去。

義大利廚師開始準備食材，煮起魚湯，香味四溢，本來才吃過東西，現在聞到香味，肚子又餓了。

然後廚師把客人吃剩的肉類集中，擺在食盆裡，我猜他是為每天都會到店門外等待食物的那隻流浪狗準備，之前我看過里長也幫流浪狗準備食物。

我問廚師，「那隻流浪狗都什麼時候出現？」

「大概都是打烊的時候，幾乎準時出現。」然後邊說邊準備一份亞洲餐點鹹稀飯，跟客人吃剩的肉一起放在托盤上。鹹稀飯是利用煮魚湯的材料一起煮，我猜這應該是給流浪狗主人的。

不到十分鐘，我聽到里長在前面餐廳趕客人的聲音，他說今天要提早打烊。

客人紛紛抱怨，他送他們一人一瓶啤酒外帶。廚師也聽到了，他看看我，我們在廚房裡一起竊笑。廚師的魚湯煮好了，里長剛好也進到廚房來。一人一份魚湯，外加一塊麵包，真是美味幸福極了。

有人一起陪著吃宵夜，真是好愉快的一件事，在「留時里」我常常一個人坐在餐桌吃飯，自己又不太會煮菜，完全是只要吃得健康就滿足了。能趁著出差到里長的餐廳吃飯，真是太幸運了，當下真的感覺人生如此，再無所求。

吃完宵夜，義大利廚師整理廚房，我跟里長續杯咖啡，閒聊一下家常，

然後義大利廚師下班，廚房只剩下我跟里長，反而突然無話可聊，靜默起來。

「時計，你坐一下，我們等下繼續聊。」然後端著義大利廚師準備給流浪狗的食物端出後門，我沒乖乖坐著，跟在里長身後，我想看看那隻準時出現的流浪狗跟他的主人。

是一隻很漂亮的黃金獵犬，它的主人穿著一身灰色厚重長大衣，一頭很長的黑色頭髮，戴著黑色毛帽，留著很長時間沒有修剪的鬍子，身材高大，看樣子是東方人，頭低低的似乎不想見人，光線不夠也看不出狗主人的年紀，他牽

著它坐在廚房後門外的椅子上，黃金獵犬則是很乖的坐在他腳邊。

里長把食物端給他，他很有默契的接手，然後把那盆客人吃剩的碎肉骨頭分給黃金獵犬，自己則拿起湯匙開始享用那碗美味的鹹稀飯，然後發出很滿意的聲音。

我站在旁邊看著這個奇妙的組合，里長眼睛瞄著我，對我說：「時計，你進去吧！別待在這！」

里長可能比較了解這對流浪狗與主人的組合，所以我順從的轉頭走進廚房。翻開公事包，我繼續處理我那千頭萬緒的事情。還是想不出什麼辦法，解決里民們那些沒有出口、封閉的生活。大約過了一小時，里長才從門外進來。看我在發呆，里長問我什麼事可以坐著發呆那麼久？我把里民大致的狀況跟他說明，他點點頭：「這跟一年前你告訴我的狀況一樣囉，沒有什麼改變。」

「是啊，我是不是不太適合當里長，拿不出什麼有效的對策？」我無奈的說著，也有跟里長撒嬌的成分。

「不，如果是我，也拿不出什麼對策，因為這是無法掙脫的事實。」里長鼓勵我。

接著里長把話題轉到我們今天傍晚在吧台上的對話：「時計，你今天的故事算是說完了嗎？」

「嗯，阿敏消失後，我跟『移動島嶼樂園俱樂部』的特助魏民，找遍他可能會去的地方，但都找不到他的蹤影，我不知道他會有什麼地方可以去？我竟然一點也不了解我這個最好的朋友。」說完我無奈的搖搖頭。

「再來杯咖啡嗎？還是要喝啤酒？」里長起身，沒有等到我回答，直接開了一瓶啤酒遞給我。

「時計，如果你知道阿敏現在人在哪？你會怎麼做？」里長意味深長地問我。

「我不知道，我很怕他一看見我，又轉頭就走。」我真的是這樣想，就像當初阿敏知道我竟然會愛上Anna，從不理解、生氣、無法接受到不願意再給我這個人生最好的朋友解說與和好的機會，什麼都不說，直接就消失不見。

然後里長問我：「你跟我說Anna發現她自己的衝動造成她妹妹及所愛的

人車禍去世後，她有好長一段時間到處流浪，去做行動表演藝人，是想讓時間與不同的生活方式沖淡自己的記憶，好忘記那段過錯，那麼依你自認對阿敏淺薄的認識，你認為他會怎麼繼續他的生活？」

「我想，他會放逐自己吧？可能跟Anna一樣，也會選擇到處去流浪嗎？」我回答里長，同時也算是解答自己的疑惑。

「那麼，你算是瞭解阿敏。」里長點點頭，肯定這樣的回答。

「從阿敏消失到現在大概也十年了吧？」里長反問我。

「是啊，如果是去流浪，也過了好長一段時間，如果已經忘記過去的事，也該回家了。」我依照阿敏的個性這樣猜測。

「會不會在哪裡定居了？」我認為應該是這樣吧！

「時計，剛才那位流浪漢，你不覺得很眼熟嗎？」

話中有話、繞個圈給答案的里長，那個狡猾聰明的表情又出現了。

我心裡一驚，「你是說剛才跟著黃金獵犬的一起的人是阿敏？」

突然豁然開朗，是啊！是這樣沒錯！

里長就像我們里民的燈塔一樣，即使不再擔任里長的職務了，但是在我們里民的心中，他是永遠的里長，就像我們的大家長，所有里民的大小事情、疑惑，我們總是會第一個想到要與里長討論。因為在「流失里」時代，我們是多麼的依賴里長。

所有交回遺失物的任務都是里長安排，里長總是很明白清楚地當我們的導航，告訴我們怎麼進行任務，用什麼方法突破最好。

如果阿敏覺得自己流浪的旅程結束了，但又不想回到「留時里」，他最想回到的地方，就是里長所在的地方。

我馬上站起身想要衝出去找阿敏，里長按住我，「他剛才就離開了！」

「那他現在都住在哪裡？我要去找他！」我想立刻就見到阿敏，我有太多話想對他說。

「我並不知道他住在哪裡，讓他毫無壓力的自由來去，是目前最好的應對方式。」里長說得有道理。

「但是，他怎麼會找到里長的呢？」我不解。

「其實，阿敏離開瑞士後，一直有寄明信片給我，我在這裡開店以後，雍奇繼續轉寄他的明信片過來，一直到明信片上出現收信的郵局租用信箱，我才回信給他，告訴他我在這開了一家小酒館，從此他就固定在我打烊的時候出現，算是與家人見面，邊吃邊聊一天的瑣事。我大概知道他住在哪一區，但現在還不是打擾他的時候。」

從前「流失里」時代，因為郵差常找不到我們的地址，所以我們在附近以里民基金會的名義買下一座大樓，當作我們與外面世界的聯絡處，信件等都會寄到那，里民的戶籍也都遷移過去。里長到這開餐廳後，信件就請雍奇收寄保管。但是性情冷僻的哥哥，也是最了解我的人。他知道我一定會像無頭蒼蠅一樣，打亂生活步調。

所以他跟里長其實清楚我與阿敏之間也許發生了什麼事，只是不清楚細節，但都決定瞞著我，我像個傻子一樣，無知了十年。

「時計，你今天留在這嗎？我可以讓你去我家打地鋪。」

「這麼晚了，當然是去里長家借宿一晚啊！」

知道阿敏就在這座城市，而且近在眼前，知道他很好，幾乎每天都會來找里長，這麼多年來放在心上沒有解答的問題，現在終於明朗了。覺得心裡有哪個部分終於稍微填滿了些、踏實多了。

沒有不存在的存在

沒有不存在的存在，
也沒有存在的不存在。
——印度　薄伽梵歌——

第二天，我一整天都在焦急的等待夜晚打烊時間到來，一秒鐘都坐不住，在里長開的「流失里」小酒吧週邊走來走去，不斷地看手錶，期待阿敏能早點出現，覺得時間突然變得好長，但這一天好像白等了，一直到打烊，里長在店裡面忙完，阿敏都沒有出現。

「阿敏是不是知道我在這，所以就不想出現？」我問里長。

「也許吧，你一直在酒吧的四周走來走去，又穿那麼大件的白色羽絨衣，目標很明顯啊！」里長笑我。

「里長，這不好笑！」我抗議。

「他也許今天剛好有別的事，要不要再多待幾天？」里長無奈地回我。

也只好這樣了。就在我們關上後門，走出後門巷子幾步路，就看見前面出現一對人犬組合：高大長髮男子與黃金獵犬，當下我的喜悅無法言喻，我想快步跑向阿敏，但里長拉住我。

「時計，別急，慢慢來！」

里長沒有先招呼他們，就轉身回去打開店後門，把廚房燈打開，把原先準備給他們的食物放在爐子上重新加熱。里長叫我不要站在門邊，我只好乖乖的進門來，幫忙把餐具準備好。他們行走的速度很慢，短短的路，阿敏跟黃金獵犬邊走邊玩，等他們坐在廚房後門旁邊的椅子上，食物也熱好了。

阿敏今天的餐點是牛肉湯加上麵包，黃金獵犬則是客人吃剩的肉排，加上一大碗清水。他們沒有特別跟里長打招呼，接過食物，一人一犬開始慢慢享受。

里長搬張椅子坐在他們旁邊，點根煙陪他們安靜的慢慢吃。我坐在廚房裡靠近門邊的一張椅子上，一邊看他們吃，一面翻看我帶在身邊的書。

那是一本插畫書，可以在二十分鐘看完，也可以慢慢地一頁一頁欣賞翻看，是法國插畫家桑貝（Jean-Jacques Sempé）的「馬賽林為什麼會臉紅？」，是一本非常溫馨療癒的插畫書，述說關於一個經常很容易臉紅的孩子跟一位很容易打噴嚏的孩子，兩人之間的超默契友誼。這本書我翻看不止幾百次了，旅行總是帶著它，心情不好時就打開來隨意翻看，要打發零星的時間也會打開它來閱讀，這本書充分療癒了我自認為是孤獨的心情。

終於這對安靜的一人一犬吃完他們的美味晚餐，我不知道剩餘食材煮出來的食物好不好吃、是否美味？但是我相信在這樣的夜晚，有好友坐在一旁陪伴的晚餐，一定是美味的。里長沒有直接收起他們的碗盆，而是又點起一支煙，也沒有說話，繼續抽煙。

只見阿敏逗逗黃金獵犬，先開口問里長：「坐在那邊的那位是時計，對嗎？」

里長點點頭，沒說什麼，繼續抽煙。我聽到自己的名字，馬上從椅子上站起來想要跑上前去擁抱阿敏，但里長使眼色，叫我安靜不要動。

黃金獵犬對著里長汪汪叫兩聲，用他的前腳拍拍里長的手，里長尷尬的大笑：「好啦，我不抽了，我知道你不喜歡煙味！」說著就把煙熄了。

然後摸摸黃金獵犬下巴，對他說：「要讓那邊那位女士跟你朋友聊聊天嗎？」

黃金獵犬甩甩尾巴，對著我看了一眼，然後又汪了一聲，里長聽完又抱抱黃金獵犬，然後對著我說：「時計，過來吧！」

聽到里長這樣說，我就像收到某個指令一樣，眼淚潰堤，我衝上前緊緊擁抱住阿敏，我再也不要放開他，就像我終於找到我失落的另一片靈魂一樣。

阿敏被我抱得緊緊的，有幾度他想要把我推開，但又收回他的力氣，認命的被我抱住。我抱著那個頭髮快長到腰上、滿臉鬍鬚、身上有衣服許久沒清洗的臭味、比十年前更加肥胖臃腫的阿敏，但我一點也不介意，因為阿敏就像是我失散多年的家人，雖然我不全然了解他，但我知道心裡的某一個角落，是為了阿敏而特別留出來的位置，誰也無法替代他。

阿敏最後終於回饋我的擁抱，然後他拍拍我：「時計，不用害怕的，我不會再消失不見的。」

我還是不放心，很怕這是一場夢，怕一醒來阿敏就又會消失不見，我還是緊緊抱住他，抓住他的雙臂。

最後是里長站在我們身後，對我說：「時計，你這樣反而會讓人想要逃跑喔！」

我遲疑了一下，放開手，阿敏後退幾步，笑著對里長說：「這個女孩病得不輕。」

聽到他這樣形容我，我大哭失聲，是的，我病得很嚴重，我有很多害怕，害怕失去、害怕承認、害怕不被承認、害怕很多祕密守不住，同時又害怕原地打轉、停止不前。我其實害怕自己的人生。

「好好來點宵夜吧，有美食，才有真心話。」

里長跟阿敏看我哭成這樣，一起過來擁抱我：「時計，喝杯咖啡吧！」然後里長開始磨起咖啡豆，阿敏陪我坐進廚房，黃金獵犬用他滿是口水的舌頭舔著我，眼淚跟黃金獵犬的口水布滿我的臉。

「時計，我覺得應該大哭的人是我才對啊？」阿敏戲謔的笑我。

聽阿敏這樣說，我破涕為笑，因為他又是以前那個我認識的阿敏，幽默又熱情的阿敏。這樣我可以確定，他不會再消失不見了，有某種很踏實的安全感回到我身體裡那個空虛的角落。

里長遞給我們一人一杯咖啡，緩緩地問阿敏：「今晚大家要來好好聊聊嗎？」

阿敏點點頭，然後里長打開冰箱，點起爐火開始準備宵夜。里長邊做邊說：「好好來點宵夜吧，有美食，才有真心話。」

我跟阿敏會心一笑，那專屬兩人之間的默契沒有消失不見，像空氣自然存在一樣，我們深厚的友誼迴盪在這異鄉城市的小小餐廳廚房中。

里長準備餐點期間，我問阿敏，何必這樣一句話都不說，就消失不見，下次一定要聽進我心裡的苦衷。

阿敏淺淺地笑著回答我：「時計，沒有不存在的存在，也沒有存在的不存在。所以，就算我不承認你的感情世界，但它一直都是那樣存在的，不是嗎？即使我當時不了解你，雖然我們十年未見，對於你來說，我就像是消失在這世界不見了，但我始終存在，不是嗎？」

聽完他說的話，我驚訝，阿敏隨著歲月成長了，我還在原地打轉，而他一直在前進，不論他生活在什麼樣的狀況下，但是他的生活沒有停止前進，而我一直在原地！是的，他一直存在我心裡，就像Anna一樣，一直住在我心中，即使我們處在不同時空，但我沒有一刻忘記他們。他們在我心裡，就像某種真理一樣，從來沒有消失不見。

里長把美食端上來，就是簡單的幾樣小菜，醃漬小魚、水煮花椰菜鋪上起司、生菜捲進酪梨跟生魚，加上一人一瓶啤酒。

里長問阿敏：「其實我每次都想問你住哪？忍了兩年啊！」

阿敏笑到全身肥肉像以前那樣亂顫：「需要那樣忍耐嗎？我其實就住在『流失里』酒吧的地下室啊？」

里長驚訝到差點被啤酒嗆到，「不可能！」

阿敏只是微笑沒有多加解釋，「你的前廚師、現在的義大利廚師都知道啊！」

里長無奈地搖搖頭，嘴角掛著某種終於放下一顆大石頭的、輕鬆地微笑，「總算是有個屋簷，讓我擔心了兩年啊！」

「但是每次你吃完晚餐，我都目送你離開啊？」里長還是不解地問。

「是啊，我跟犬犬去公廁洗澡。」阿敏又笑到岔氣的回答。

原來阿敏都叫他的黃金獵犬「犬犬」，還真像他會取的名字，我一邊聽他們兩人對話，一邊覺得好溫暖，我的家人又回來了，心中充滿感謝。

也許這就是我該找回的遺失物吧，那種缺乏家人相聚、熱絡聊天的遺憾，就在這小小的異國酒吧中找回來了，而且酒吧的名字就叫做「流失里」呢！

「地下室放滿貨物跟冰櫃，我是很少仔細清查，但也不致於看不出來啊？」里長還是滿臉的狐疑追問。

「我那流浪漢的箱子，就堆在貨物中啊！」阿敏回答得很輕鬆，然後繼續笑得像太陽一樣開心。

里長恍然大悟，「所以你常換箱子？」

「對啊，我當然也喜歡新的紙箱啊！還是里長了解我！」阿敏又笑得全身肉都顫動了起來。

「嗯！那就太好了！」里長說完，吃了一大口醃漬小魚，好像心裡所有擔心的事情，全都有了答案。

夜很深，接近黎明，桌上的小菜幾乎一掃而空，幾個啤酒瓶散落在桌邊，犬犬趴在地上睡覺，偶而我們笑得太大聲，他會抬起頭來瞥一眼，然後繼續睡。我們彷彿不必擔心未來還會發生什麼事，愉快的當下也許就是永恆吧！

「我沒有什麼人生成就感要追求，只希望能平淡愉快的生活。」

我問阿敏，這些年他都在哪裡？做些什麼事？

他大口把剩下的啤酒喝完，又打開一瓶啤酒，然後嘆口氣對我說：「時計，你一定要那麼好奇嗎？哈哈！」

「當然啦，我怎麼可以不清楚你都在做些什麼呢？」我理所當然地回他，這才是家人吧！

然後他跟里長說，他想抽煙，里長把櫃子上留著，寶貴又捨不得抽的雪茄煙拿出來遞給他。阿敏開始分享他的流浪之旅。

「我離開瑞士湖邊別墅以後，失魂落魄，覺得自己心裡的某些價值觀崩解，不知道該去哪裡，也不知道這個世界哪個地方適合我，在瑞士靠近法國的村落混了幾個月以後，想起魏民曾經說過中國道士在山裡修行的故事，就跑到中國去，從廣西桂林、雲南昆明、華西、華中、東北，一路往中國北方玩，然後再刻意回轉到我一心嚮往的西藏時，錢已經花得差不多了。我就在西藏住下，跟那裡的喇嘛一起生活，每天賴著他們吃喝，跟著他們讀經、頌缽，以天地為家。在西藏那段時間，我就開始寫信給里長，一方面也是我的護照早就過期了，不得不向里長求救！」

里長聽到這，重重拍他的頭，「還以為是你想我了，臭孩子！」

阿敏笑著全身肥肉又顫動起來，繼續說：「其實也是因為我覺得差不多可以面對自己、家人、還有自己熟識的人了。怎麼可能這世界只有一種價值觀，或是只有一種標準呢？或者只有一種事情運轉的方式呢？只要是人與人互動產生的事情，一定有千百種可能，因為人是最複雜的生物啊！」

「在西藏跟喇嘛們聊天，他們對人生很豁達，替我解答很多人生疑問。我沒有什麼人生成就感要追求，只希望能平淡愉快的生活，唯一遺憾是所愛之人不能為我所愛，那我可以把愛轉移，或者分享大愛啊！」說完，阿敏意味深長的看著我。

我抱歉地看著他，然後又緊緊抱住他！

「阿敏，你是我最好的朋友，甚至是心靈上不可或缺的家人，謝謝你理解我，接受我！」

「乾杯吧！」里長拿起啤酒，遞給我們兩人，我們一起乾杯！

里長問阿敏流浪夠了嗎？想要開始回到一般人眼中的正常生活軌道嗎？

他聳聳肩：「我無所謂，但實在不太想回家。」他說的是「流失里」，我告訴他，我們現在是「留時里」了。

「無差別，流浪太久了，我不太喜歡密閉的生活環境。」他回我。

「時計現在是里長喔！」里長告訴他。

「阿敏，我想跟你討論一些里民的事情，例如，怎麼解決里民心裡的煩躁？他們跟你一樣，心靈需要找到出口，但他們不會像你一樣去流浪，只能在里中大把大把的虛度光陰。我實在找不到什麼有效的方法，去突破彷彿在玻璃罩裡的生活？」或者我該說，如何讓生活繼續往前進？阿敏理解的點點頭，似乎在深思什麼？

阿敏還在沉思，我馬上又轉到另一個話題：「對了，阿敏，移動島嶼樂園俱樂部，魏民經營得很好喔。我們下個計畫是把你離開之前的策劃實踐。」

「嗯，那個關於家庭關係重建的計畫嗎？不錯啊！」阿敏點點頭，不疾不徐地回應我，他沒有追問細節，反而回我：「我一離開就完全忘記那家公司了呢！」

里長在一旁聽到，抓了最後一朵花椰菜，邊吃邊加入話題，「阿敏，你那麼想擺脫『流失里』啊？」

「里長，你不也是嗎？」阿敏回擊！

「當然啊，感覺就是一個背在心上的重擔，怎麼也卸不下來，就像自己的影子一樣，隨著日照角度出現，但你不可能讓影子消滅。」里長說完自己又喝了一瓶啤酒。

「我覺得還可以，在安逸的環境裡恣意生活，是很多人想要卻得不到的。」這是我心裡真正的想法，雖然這樣的狀況，阻斷了我勇敢去爭取Anna，也常讓我感到有點沮喪，覺得生活停在原地，面對他人，我有太多祕密。但這些心病，好像在找到阿敏後，削減了許多不踏實、沒有安全感的部分。

差不多天亮了，我們三人一起整理廚房，阿敏一邊跟我商量：「時計，我想我有一些可以解決里民情緒出口的辦法，今天晚上要不要再來聊聊？」

「太好了，當然要好好聊聊，終於又可以一起規劃任務了。」

「找回里民彩色生活行動嗎？」阿敏連名稱都想好了！

「太聰明了，那今天晚上集合嗎？或者阿敏你跟我一起去里長家補眠好了？」

「可以，但是你不准再講話了，我要安靜地睡覺，現在精神體力都不像以前！流浪漢當久了，沒有好環境禮遇這肥胖的肉身，身體健康多少受到影響。」里長聽我們對話，無奈的笑笑，拿了車鑰匙走在前面，我跟阿敏像跟著自己的爸爸一樣走在後面。里長回頭對阿敏說：「阿敏，改天去做健康檢查，我不希望你身體健康出問題。」

阿敏可能還沒聽過里長的故事，所以他不知道里長最愛的人因為癌症死去，如果他聽過里長的故事，就會對里長這樣的關心，感動到偷偷流眼淚吧？而我已經因為里長這樣關心他，眼角泛出眼淚，趕快偷偷地擦掉。

這就是家人吧，真心的照顧彼此、關心彼此，又因為互相了解，卻能保持適當距離，而且沒有親情裡面那些理所當然的牽制。或許這樣的課題，最適合「移動島嶼俱樂部」下一階段計劃「家庭關係重建與經營」的相處哲學。

犬犬這時跟在阿敏身邊，一下子往前跑到里長旁邊，然後又掉頭猛衝向阿敏，一來一回，玩得很開心，早晨亮黃色的太陽照在路面，往停車場一段短短的路，對我來說，這是會深植在記憶裡，一條通往幸福路徑的記憶。

啟程

阿敏煥然一新了，我幫他剪了頭髮、還染了褐色的新髮色，他在里長家舒服地泡過澡、刮了鬍子，但是沒有可以給他穿的特大號衣服，所以他還是穿著有臭味的衣服直接到機場。我們在機場買了新衣服讓他換上，最大號的衣服穿在他身上還嫌太小，但比起昨天以前，容光煥發多了。

犬犬暫時留在里長身邊，由里長照顧，我跟阿敏直接飛往瑞士。

我沒有事先跟魏民說會帶著阿敏，我想給他一個驚喜，因為他也在殷殷期盼某一天阿敏會再出現！到達瑞士蘇黎世機場，一出海關，我看見魏民跟助理Amy站在機場大廳等待，他們的眼睛只聚焦在我身上，沒有注意跟在我身後的超級胖子阿敏。等到魏民提起我的行李，看到身邊緊跟著一位身軀超級巨大的男性，還一時覺得奇怪，這個人怎麼緊跟著我們。等我請跟在魏民身邊的司機幫忙這位超級巨大的胖子提行李時，魏民才恍然大悟！

非常難得的看見魏民咧開嘴大笑，連牙齒都露出來了，我認識魏民到現在，還沒有看見過他這樣開懷大笑。然後跟當初見到多年未見的母親魏媽一樣，魏民內斂自制的情感，只准許他自己伸出雙手與阿敏熱情地握手，拍拍阿敏的手臂，他說：「老闆，你終於回來了！」

「就像分子碰撞一樣，我們把不同背景的人放在一起交流，最後也許會產生不可預期的化學變化，但願那樣的變化，能夠朝向我們希望的道路前進。」

回到湖邊別墅，魏媽給阿敏一個溫暖的擁抱，她立刻請人把阿敏原來住的房間都整理好，面向湖邊的房間乾淨明亮，還在窗邊插了一大盆花。阿敏坐在窗邊，若有所思。

他說：「一晃眼就十年，舒適的物質生活跟流浪的生活，其實沒有什麼差別，就是吃喝睡覺，唯一不同的地方，就差在一張屋頂下舒適、芳香的床。」

「也許你有了妻子、家人後，就會有更多的不同吧？」我心虛的回答他，

因為阿敏那些願望本來是依附在我身上的。

他用微笑回應我，跟里長一樣，也像里民中那些年歲已老的人一樣，有種豁達在其中。然後他起身，「我們開始工作吧！」

彷彿時間不夠用，我們兩人突然覺得被時間追著跑了，因為我們急於想要讓里民們掙脫那座溫室裡的生活，我們想要讓每一位里民的生活都能往前邁開大步。

所以沒有時間休息，急著請魏民、助理Amy一起，我們坐上車直驅辦公室，現在的首要工作，是要調整「移動島嶼樂園俱樂部」的下一個旅遊方案。

我們把重要的公司主管都邀請來一起開會，魏民很自然的把會議主導權交

給阿敏，公司同事都有點莫名其妙，不知這位超級胖先生是哪裡突然出現的總指揮。

「各位好，大家應該都不認識我，因為我之前體重是剛剛好的胖，沒有像現在腫成這樣。」他的開場白就顯出阿敏本色，幽默自己讓大家開心，藉以拉近自己與眾人的距離。

一陣笑聲後，他就開始切入正題：「我知道移動島嶼樂園俱樂部的下一個旅遊主題是家庭關係重建，這是我當初成立這家公司的幾個優先提案之一。」

同事們聽到這裡，才恍然大悟，原來他是公司的創建者，但是沒有人認識他倒是真的，因為十年間，公司員工都換過一批了。

「我們將要在原計劃的十五組客戶草棚別墅中，分別間隔再插入三十個草棚，這三十個增加的草棚，由公司付費，這是我們的第一個公益計劃。我們要幫助沒有經費，但是卻想要讓生活有所改變的人參加。這三十組公益客戶，我們也已經選好參加人選，今天跟你們說明，是因為這三十組參加的公益客戶，將在島嶼中間搭起一條商店走廊，他們為客戶服務，但不是我們的員工。所以希望各位在招募旅遊客戶時，一定要跟客戶解釋清楚。」阿敏做了簡單、清楚的說明。

有人舉手：「就是打工換宿的概念嗎？」

「是的，這樣跟客戶說明會很清楚！」阿敏點頭讚賞。

「但是我們的客戶花那麼多旅費，又特別注重隱私，這次的主題關於家庭關係經營與重建，又更特別需要隱私，這樣會不會讓他們疑慮變多，本來考慮參加的人就不想參加了？」魏民提出一針見血的疑問。

「這倒是真的，我贊成魏民的意見。」我看著阿敏，這是很需要仔細考慮清楚的疑慮。

阿敏點點頭，「嗯，魏民的考慮很正確，那既然是打工換宿，就把他們都當成工作人員吧，但是我們把規則改變一下，就是這些工作人員，可以一起參加我們設計的活動，目的是讓付費的客戶在活動中有更多工作人員參與，好作為家庭衝突的潤滑劑。這樣大家贊成嗎？」阿敏做了結論，問大家意見。

大家一致通過，最後留下規劃課程的人，討論更近一步的細節。

「我們這次課程的設計加入更多工作人員參與其中，有點像分子碰撞一樣，我們把不同背景的人放在一起交流，最後也許會產生不可預期的化學變化，但願那樣的變化，能夠朝向我們希望的道路前進。」阿敏對規劃課程的人說明。

「額外加入的三十名打工換宿的工作人員人選，由我跟時計選出，下週我們會把人事資料交給你們，方便大家規劃課程，辛苦大家了。」

瑞士的春天有點冷，但是天空的藍色很透明，大樹被陽光暖暖的包圍著，樹葉挲挲的隨著風起舞，像一首輕柔曲調圍繞在湖畔散步的人們。

我跟阿敏在日內瓦湖畔的一家餐廳享受這美麗季節，十幾年前一起玩樂、兄妹般的情感又回來了。我們一邊享用起司火鍋，一邊列出適合的名單，此刻，我感覺有種往前踏出一大步的興奮在體內昇起，彷彿不繼續這樣昂揚下去，時間又會停止似的，我簡直無法忍受任何耽誤，如果能夠馬上就開啟計畫，那就更好了。

我們把子薇列進繪畫課程裡、阿平的種稻課程、雍奇的植栽藝術、政璋的科學生活百科、子梅的瑜伽教室、還有里民老奶奶的拼布教室等等。最後，我跟阿敏相視一笑，異口同聲地把里長列入名單，地球上最醇香的咖啡教室，就交給他了。但是名單列出來，還有個艱難的工作要完成，就是說服這些人參與「移動島嶼俱樂部——重建家庭關係計畫」。

我認為這才是計畫裡面最艱難的一環，要說服這些長期被尋回失物主的任務纏住，好不容易脫身，又馬上被時間停止的玻璃罩圈住的一群人，他們會相信這樣的努力，有可能改變什麼嗎？

事實上，我跟阿敏也完全沒有把握，只是想從踏出這一步開始，能讓里民禁錮的情緒找到宣洩出口，但對現況能有什麼改變，真是一點把握也沒有！要說服他們參與活動，不知該從哪裡開始進行，這應該是最困難的部分！

我跟阿敏想了又想，說服大家參與活動的工作，最後決定交給里長，長期以來，里民最信服的人就是里長，他陪伴大家度過最困難的「尋回失物主的任務時期」，沒有他，我們無法完成那些千頭萬緒、毫無章法的任務。而我接續以後，就只是看守著整座里，完全沒有具體的功能。

把參與名單稍微整理完成後，我跟阿敏飛往里長所在的城市。想要說服里長，就得要跟他當面談談，不知他是否願意暫時放下他的小酒吧，跟我們一起參與這次活動。

傍晚，里長的「流失里」小酒吧門外已經開始排隊了，前門還沒有開，我跟阿敏從後門進去，看見里長正在廚房跟義大利廚師準備今天的下酒菜。

「哇，我最愛的炸小魚！」我一進廚房就聞到香味，忍不住先抓了一隻炸小魚塞進嘴裡，里長無奈的笑笑，然後意味深長地看著我跟阿敏。他大概猜到我們兩人又有什麼鬼點子要麻煩他。

「怎麼？還特別那麼遠跑一趟？打電話不就可以？」里長眼睛盯著阿敏問。

因為他知道阿敏才是那個智囊團首領，我向來都是小跟班。

「里長，我們上個星期在這裡跟你討論，提議要將里民融入這次『移動島嶼樂園俱樂部』活動，好讓里民可以在另一塊土地上生活一段時間，看能否擺脫長期桎梏的情緒，替他們找個可以宣洩的出口，你也贊成的，對嗎？」

阿敏眼神閃爍的回問里長，其實這段話也不用說，里長跟阿敏兩人早就清楚對方想要什麼，不過話語就是用來溝通的，不是嗎？我看著他們兩人對話，頓時覺得有趣，不管你在什麼時空、場景，一群人要共同完成一件事，總要透過話語，說出那個共同認可的答案，才算是雙方互相應予的承諾，否則就都只是擱淺在心裡的想法而已。

「我答應！什麼時候開始？要怎麼配合？」里長雙手交疊在胸前，沒有等阿敏進一步說明，也沒有多問阿敏細節，就很肯定的回答阿敏。

「那就明天開始吧！」阿敏鬆了一口氣，開心地回答里長，順便也抓起一把炸小魚塞進嘴裡，露出食物真美味的表情。

「不如現在就開始吧！」

里長迫不及待，把今晚酒吧的餐點都準備好，然後交代義大利廚師往後三年的工作，並且說明每幾個月中間他都會想辦法往返駐店。但交接工作到一半，義大利廚師突然面有難色，他丟回里長一個課題，「老闆，客人來小酒館除了食物以外，主要是能在吧台跟您聊天，您不在，客人還會來嗎？三年時間對客人來說不短，即使中間你會回來駐店，但是這間酒吧就跟以前不同了。」

這是一針見血的分析，同時我們也早就知道結果會演變成這樣，里長經常不在的酒吧，就不會是客人心裡那個「流失里」小酒吧了。里長聽完義大利廚師的話，頹然坐下來，開了一瓶啤酒，悶聲地喝著。我跟阿敏站在一旁不敢多說什麼，因為我們本來這趟大老遠飛過來跟里長溝通，就是要他暫時先結束小酒吧的生意。但我想，其實里長心裡也明白，他若長時間不在這家小酒館，那麼這間店的意義就全然不同了，只是里長也有不肯面對的事實，所以才會毫無頭緒的交接工作。四個人在廚房靜默，前面客人的喧嘩聲已經貫穿到廚房來了，還有菜還沒上，吧台上的客人叫喚著里長。

里長起身，默默的把餐點跟啤酒端出去，我、阿敏、義大利廚師原地不動看著里長的背影。

「我們在剝奪里長的生活樂趣。」我心裡是這樣想的。

「時計，你們現在談的，就是那個團費很貴的『移動島嶼樂園俱樂部』的行程嗎？」義大利廚師問我。

「是的，但這次行程規劃有了很重要的改變，我們非常需要里長的幫忙。」

「那麼，你應該就是之前住在地下室那位？你們互相認識？」他想確認自己的懷疑是否正確，直接明白地問阿敏。

「對啊，看不出來吧？」阿敏又笑得全身肉都抖動起來。

「也不至於，就是髮型變了，人倒是沒有變得比較帥！」說完兩人開心的大笑。

里長送完餐點回到廚房，然後坐下來深呼吸，彷彿承受很大的壓力，他答應了我們，卻又面臨難以割捨這間酒吧的困境。這是我沒有見過的里長，在我心中，他總是豁達一切，凡事總能淡然一笑而過。

「時計，我上次跟你說我很想參加你那個『移動島嶼樂園俱樂部』，但是我也跟你提過我沒有那麼多錢能夠參加那種行程，你說這次行程有重大更動，有什麼機會是讓我也可以參加的嗎？」義大利廚師見大家靜默一片，想找話題打破這安靜的尷尬場面。

但這打破靜默尷尬的話題太棒了，我跟阿敏互看一眼，我們的默契又來了！

「里長，把這『流失里』小酒吧搬過去吧！」阿敏猛拍桌面，像找到解藥一般的大聲對著里長宣告。

里長笑了，眉毛揚起，開心的對著義大利廚師說：「我們收拾東西吧！」

「那表示我終於可以免費參加『移動島嶼樂園俱樂部』的行程了嗎？」義大利廚師問完，直接當作答案是肯定的，捲起袖子開始收拾鍋具。

阿敏幫忙寫了一張閉店三年歉意的海報，我把它裱進畫框，等打烊後把海報貼在門口。其實距離「移動島嶼樂園俱樂部」的家庭經營與重建關係計畫，還有一年的籌備時間，今晚就決定閉店三年有點太早了，但顯然大家都迫不急待的想要馬上開始。

義大利廚師先與我們分道揚鑣，我請他直飛瑞士去找魏民，開始他的新工作，他要協助公司在「移動島嶼樂園俱樂部」完整複製出一間新的「流失里」酒吧。

犬犬則先跟著義大利廚師出發，阿敏抱著犬犬好長一段時間才放手，犬犬不明白發生什麼事，但他是很聰明的狗，知道主人有什麼重要事情要去完成，他會乖乖地跟著義大利廚師。我跟里長、阿敏則要先回到「留時里」去完成說服里民參與活動的任務。

我感覺出有一股全新力量流竄我的身體，是那種邁開步伐，前往某個嚮往已久的秘境，彷彿在那裡，生活終於可以向前進，而有座燈塔在遠處發著微光召喚我。

安靜的喧嘩

擠進里長家的餐廳，就像以前一樣，我跟阿敏吵著要吃里長做的菜，長途飛行又長途搭車，好不容易回到「留時里」，感覺非常飢餓。翻遍廚房沒有什麼食材，里長不置可否的炒個白油鹽炒飯，上面撒一把很久沒開封的罐頭肉鬆，然後我從背包裡拿出一包鹹餅乾，我們就這樣配著熱熱的炒飯吃起來，也許是肚子餓，白油鹽炒飯襯著鍋氣特別香，加上肉鬆美味極了。一大鍋炒飯一下子清空，我把從里長的「流失里」餐廳偷偷帶回來的咖啡粉從背包裡拿出來，里長無奈地搖頭微笑，把很久沒用的煮咖啡器具拿出來，就這樣三杯香醇的咖啡擺在桌上，我用著那個里長給我專用、杯肚中間有朵小白花的馬克杯喝著咖啡，一切又像回到以前「流失里」的年代一樣。只是場景相同，討論的事情卻完全不同了，這應該算是生活不斷往前進的證明吧？而現在，我們要用阿敏的方法，把里民的生活也往前推進。

里長請阿敏先去鐘塔，也就是我們的聚會所準備一下。我回家去跟雍奇、子薇先溝通，里長請政璋在里民電子佈告欄發送訊息，是一封真誠的信件。

各位里民好，許久不見。

離開留時里一段時間了，我在異國開設的小酒館，承蒙各位里民基金的贊助，還算經營得有聲有色，每天都有來自不同職業、不同年齡的人，與我聊聊他們的生活瑣事，對於他們而言，也許只是一天的辛苦奔忙，但對我來說，卻是興味盎然的故事。但我體認到，相對於各位來說，我卻是自私的。

因為我在異國享受著繽紛的生活滋味，卻有許多的你們，仍然待在自己的里民生活圈裡，也許回想從前「流失里」周遊各國執行找回失物主的任務，甚至勝過現在過於平淡的生活，或者也有人想走出「留時里」，去一探開創個人生活的可能性，卻因為怕外人發現「留時里」的祕密而有太多顧忌，不知從哪開始里外的新生活？

我與時計在因緣際會下，找到失蹤已久的阿敏。

一如以往，阿敏的天才創意沒有消失，我們三人討論出一個方案，想好好運用各位里民基金參與投資的「移動島嶼樂園俱樂部」，為大家開創一個全新生活契機！

如果大家願意，請週日早上十點，至鐘塔集合，我與時計、阿敏將很樂意為大家解說，有任何疑問，也請在明日早上提出，謝謝大家長期以來的寬容與體諒。

祝　平安

前任里長

里長跟阿敏的工作進行順利，不過我在家說服子薇跟雍奇卻不太順利。我們原本是想先說服她兩人加入「移動島嶼樂園俱樂部」的行程，然後請他們在大會上首先舉手贊成，這樣說服其他里民會更容易進行。但是子薇還是抱持著最早我說服她出國開畫展的想法一樣，她認為自己的風景畫不是什麼會讓人欣賞的畫作，同時她對於在「移動島嶼樂園俱樂部」這次家庭關係經營與重建的行程裡，扮演繪畫教室老師的工作感到無法勝任，她也對這樣的活動，會對里民生活產生什麼不同的變化感到質疑。

至於平常跟我對話就很少的雍奇更是像堅硬的石頭一樣難以說服，他認為自己的生活困境需要自己強烈地體認到有那樣的困境，才能靠自己力量解決，光靠這些表面燦爛的活動，難以引起共鳴，況且，他不能長期待在別處，這樣他那些植物就全部無法得到周全照顧。

但我認為，他們只是害怕改變，如果改變帶來的只是一場白忙，就像「流失里」最後變成「留時里」一樣，生活的場景、狀況改變了，結果還是不變，還是得困在這座里中，最後帶來的失望，的確讓人更難以接受。

如果我的哥哥及嫂嫂都這麼難以被說服，那麼其他里民們要被說服，是不是就更加困難了？這種時候只能求助里長了。

我騎著自行車往里長家，大門開著，阿敏的單車已經停在院子裡。太好了！我心裡響起了輕快的音樂，預感事情可以迎刃而解，但我知道，這是太過依賴阿敏跟里長的狀態。

擠進里長家的客廳，阿敏正在跟里長愉快的聊天，我一進門就吵著要喝咖啡，里長無奈地笑笑，走向吧台幫我準備咖啡。

「雍奇跟子薇不願意參加！」我無奈的開場白，就是告訴他們自己無能的壞消息。

「因為你不懂得轉個彎啊！」阿敏笑我。

「明天你跟我先去鐘塔，等里民都集合起來，我相信他們兩人會答應的。」阿敏很有把握的回我。

里長把咖啡端過來，他贊成阿敏的話，「時計沒有心機，有話都是直說，不太會用技巧。」

「不用先說服雍奇跟子薇嗎？到時候他們當場表示不參加，其他人會不會也就跟著意興闌珊啊？」我懷疑里長跟阿敏把事情看得太簡單，也太樂觀了。

「里長應該比你了解里民啦，別擔心！」阿敏拍拍我的肩膀。

喝著熱咖啡，我的挫折感消失了，總之，如果里長跟阿敏有把握，我只要支持他們就可以了，最終問題能夠得到解決，事情要用什麼方法破解或怎麼進行都可以，不是嗎？

然後里長要我們倆幫忙做點心，他說明天里民集會，要先餵飽大家。

一時之間，誘人的巧克力蛋糕、鮭魚壽司卷、烏魚子配甜瓜、奶油夾心餅乾、雙層燻肉三明治、水煮鮮蝦、各式烤或炸的甜甜圈、烤布丁、南瓜鹹派、燻魚披薩排滿了里長家，要準備超過千人以上聚會的點心，雙手酸痛，但邊做邊吃太愉快了。

留時里里民集會所鐘聲響起

一大早我跟阿敏就到長坡上的里民集會所搖起那座許久未響的大鐘，我當里長很少用集會所宣布事情，都是在早晨里民上街運動時，一邊騎單車一邊用大擴音喇叭大聲宣布，如果里民有問題，會到我家去找我討論，畢竟我是里中最小的小輩，基本上是服務大家的公務員，所以宣布事情的方法也跟里長有所不同。

鐘聲悠揚響起，從山坡上順勢而下，聲音貫穿整座里。

沒多久，就看到里民魚貫而上，有的人騎單車、有的人慢跑、有的人慢慢走上來，還有人竟然騎著重型機車。

也許太久沒有齊聚一堂，大家說話的聲量都很大，頓時集會所喧譁聲都要衝破屋頂了。當然，阿敏失蹤那麼久，大家看到他都大為驚訝，紛紛過去擁抱他，老一輩的更是狂捏他的兩頰，彷彿他還是小朋友，但大家卻不會多問他什麼，因為這裡是「留時里」，每個人都閱歷豐富，知道人生那麼長，會有許多種可能，也有千萬種寬容，不追溯過去，現在過得好，就是最好的安排。

有更多人跟里長寒暄，聊聊他的店開得如何，發生什麼趣事？

就這樣，從早上到大部分里民集合完畢，大概已經接近中午了。我們準備的點心和飲料，也消滅一大半。

然後里長走到最前端，請大家安靜，「好久沒見到大家，今天就先對留時里里長說聲抱歉，我就不請他致詞了。」說到這裡，大家笑聲此起彼落，臉上掛著從進門一開始就有的微笑。

「為了延續大家今天的開心喜悅，我要宣佈一件更快樂的事情，就是我想請所有里民，到我開設的『流失里』小酒吧去喝酒，同時阿敏跟我還有時計要請大家順便出國玩！就當作是『留時里』的里民年度旅遊，大家覺得如何？」

聽到這裡，我整個人跳起來，「里長真是太奸詐了！」同時我的心裡大聲叫好，里長這招說服大家的辦法，還真是邏輯跳躍，但他沒有說謊，確實也算是請大家去玩！

里民們聽到這，全都起身拍手鼓掌，沒有大聲鼓譟，只有安靜的交頭接耳、互相點頭！有人安排好行程帶你出去玩，這麼棒的事情，有什麼好不答應的呢？何況是他們最信賴的里長宣布的好消息！

所以里長那封文情並茂，要對大家好好解釋細節，或是等待大家提出疑問的信，也被大家拋諸腦後，沒有人要問細節，也沒有人多慮還有什麼內情，只當是里長要帶大家參與「移動島嶼樂園俱樂部」的遊玩行程，就這樣，事情簡單而清楚地開展。

以前，集會所的鐘聲響起，是有遺失物來了，現在，鐘聲響起，那個要大家去撿起來的遺失物，會不會就是大家即將找回的理想生活遠景呢？未來不可預想，但真心希望可以在不久地將來，就能把里民每個人心目中的理想生活找回來！

集會結束後，我回到家，子薇跟雍奇竟然已經開始在打包行李，子薇甚至開始在挑她自己的畫，雍奇更是讓我驚訝，他在仔細層層保護打包他的植物，連那棵養了十幾年的黑松小盆栽也都準備打包，看見他們兩個人態度大轉變，只能說，里長的魅力無人能比！

我把自己的瑜伽墊收一收，我沒有什麼特別專長，只能去當打雜的事務人員了。

即將到「移動島嶼樂園俱樂部」與大家一起工作，這是從來沒有的經驗，想一想突然讓人感到動力十足，但是再深一層想，這次可是要一起工作超過三年，這些工作環環相扣，必須緊密合作，我不知道是否可以按耐住自己浮動的個性與大家和平共處那麼長的時間，尤其活動主題又跟「經營與重建家庭關係」有關，對我來說，這絕對是艱難的任務。

一週的打包時間，我四處在里中晃蕩，看看大家都打包得如何？住我家對面的那對夫妻，平常我都稱他們是西部牛仔夫妻，因為自從他們到美國西部出過任務後，就愛上那裡，回來以後不管何時，只要出門串門子，就總是戴著牛仔帽。但看他們打包的行李，竟然全是毛筆、宣紙、彩墨，一方面訝異，一方面也覺得自己真是太不了解里中的每個人了。原來他們夫妻平常最喜歡的嗜好是水墨畫，磨墨的硯台更是大老遠去中國出任務時順便揹回來的，這樣的反差實在是太大了。我平常是如何躲在自己的玻璃罩裡？我不禁深自檢討自己，只關心自己的煩惱，卻忘了自己的身分是現任里長，而大家是多麼寬容我平常對他們的漠不關心？

動工

里民分批次出發，我跟阿敏最先到達「移動島嶼樂園俱樂部」，里長墊後，確認所有想參加這次「移動島嶼樂園俱樂部」活動的里民都能順利將打包物品寄出、順利出發。

自上次我登島尋找失去蹤影的阿敏之後，就沒有再來過，島上樹木已經長得更高大、更濃密。義大利廚師跟犬犬早就在碼頭等待我們，一下船，犬犬就撲上阿敏胖大的身體磨蹭撒嬌，義大利廚師跟我說，魏民還在瑞士忙，我們有什麼計畫跟需求，就請他的特助幫忙，我才注意到那個瑞士女孩Amy很無存在感的站在義大利廚師後面。

落定員工居住的飯店後，我請Amy把島嶼的地圖拿來，那是我們自己特別畫的地圖，島嶼的西邊看得到夕陽，現在正在進行私密的蜜月旅行活動，而島嶼東邊，每天迎接朝日的地塊，就是這一年要進行工程的地方，島嶼東西之間剛好有一片小丘陵隔開，彼此互不干擾。

阿敏在攤開的地圖上，公司工程規劃部原先設計好的草屋群中間，畫上一條商店街廊道，中間定位點標上「流失里小酒吧」，那間酒吧已經在義大利廚師這個月的努力下稍具雛形，而從「流失里小酒吧」往兩邊延伸，有畫室、各種手工藝教室、最尾端靠近一片水田，是阿平的稻米栽培教學區，還有三間祈禱室。我們一群人一起討論每一間教室與商店的安排，但我有點恍惚了，感覺我們正在建設另一座「留時里」啊？

討論工作差不多結束，我們請Amy負責聯絡目前人還在瑞士的魏民，讓他跟魏民討論工程進行的模式與進度，明天再就工程時程安排討論細節。Amy這個年輕的女孩，平常的存在感很低，但是關鍵時刻，當我們需要她幫忙某些工作時，卻都能很俐落的把交辦工作處理好，只是幾乎不會有自己的意見，這大概就是魏民不太滿意她的地方。但我想Amy應該是有她仔細考慮過、堅持的安靜與低度存在，否則她做事不會這麼俐落，應該會有更多遲疑與拖泥帶水。

我跟阿敏趁閒，傍晚帶著犬犬到島嶼西邊去看夕陽，一群不久前才剛決定共渡一生的富有新婚情侶們沿著海邊散步。說是富有，那是當然的，否則怎麼能支付這麼昂貴的費用與大把時間，到這難以找到、毫不熱門的島嶼來共度蜜月旅行呢？

我跟阿敏還有犬犬盡量避開他們，找到一個僻靜的角落，躲在海岸邊的岩洞裡看日落。

「這是你的私密景點嗎？」我問阿敏。

「當然，剛開始找到這座島嶼時，就在這裡度過一晚，風景極美、又非常安靜。」

犬犬安靜地趴在他的腳邊，眼睛安逸地看著開展的海岸。

「那你要搞失蹤的時候，怎麼不來這裡躲著啊？」我嘲笑他。

「躲這？那不是馬上就被找到了！何況這算是我熟悉的環境，躲在這哪叫流浪呢？」我們相視而笑，當愛慕的對象變成像兄弟一樣相處的時候，兩人間的默契像加了一層胡椒或者說是一大杯烈酒，更加厚重了。我喜歡這種感覺，我相信這就像相親相愛的家人一樣，彼此珍惜、永遠不會改變。

工程隊已經全部登島，開始在島嶼東邊大興土木，但其實我們的草屋都是傳統自然工法，所以也沒有塵土飛揚、大舉破壞自然的事情，一切都在恰如其分地狀況下慢慢的一步步往完工時程邁進。里長跟義大利廚師兩人賣力的動手變身成木工，自己敲敲打打，整間店已經差不多完工，只剩下櫥櫃、吧台，就幾乎都完成了。

子薇的畫室在她追求完美的堅持下，快把木工整慘了。畫室還特別使用超大片玻璃門，大尺寸的彩繪玻璃特別訂作遠從義大利運來，大概花了公司不少錢。這段期間我跟魏民說好，不需要計算成本了，反正我們已經是家很賺錢的公司，一次把錢賠光也沒關係。但我心裡想，反正創立公司的錢來自里民基金，把錢花在他們身上，絕對值得。

阿平的水稻種植區，已經把田地整好，現在正在做引水工作，上游的引水渠道長長的一路延伸，山泉奔流下來，整片田地灌滿了水，清澈的水中倒影浮現島上那片小丘陵，頓時天地變得寬廣起來。我陪他用剛做好的木犁在水田中將犁推進，還好田地的面積不大，只是當作教學使用，這是耗費體力的工作，我的體力只能陪他做一、二個小時就撐不下去了。其實這工作更適合阿敏，他需要好好勞動他那胖大的身體，所以我建議阿平，一定要找阿敏幫忙，阿平曬成古銅色的臉笑成一團，表示他了解我的用意，我伸伸舌頭落荒而逃。

然後我驚訝的發現，「流失里小酒吧」旁邊竟然出現一間只搭了帆布棚子的算命攤。我問里長，這是什麼？這個位置本來是政璋的生活科學百科教室，怎麼成了算命攤？

里長無奈的笑笑：「他大概是想用塔羅牌證明機率吧？這也算科學吧？」我們一頭霧水，但是我們了解政璋，他總有出其不意的怪招，同時我們對他也莫可奈何，因為他在里中總是那個關在房間裡很多天不見人，突然出現表示他又發明或發現了什麼，然後非常有耐性地解釋給大家聽，而那些發現跟發明，絕對都跟里內的事情有關，例如將集會所大鐘的音頻更改，變成輕柔的搖鈴，或者將我們在隔壁里置產的那棟大樓裝上監視器跟遙控指示器等等，都是方便里民的事情。所以，他想要擺算命攤，那就算命攤吧！

想回員工飯店去沖個澡，陪阿平犁田流了一身汗，但一進飯店大廳，就看見犬犬等在電梯門口，看見我來，就汪汪兩聲跟著我上樓。我問犬犬：「你那胖大的朋友去哪啦？」犬犬只用眼睛無辜的看著我。

上到阿敏房間的樓層，我陪犬犬去敲阿敏的房門，過了很久他才來開門，原來是大白天在睡覺。

「你還在睡，也不陪犬犬散步，把他丟在樓下。」我責備他。

「剛放犬犬出去上廁所，流浪漢作息還沒有正常啊！」他抓抓頭髮。

我只跟他說：「阿平有急事需要你幫忙，那件事我不擅長！」說完我就回我房間去沖澡了。

夜晚，整座島嶼處在一片黑色的靜默中，但唯有島嶼東邊，這條商店廊道中央的一點，像星星一樣閃亮著，倒不是晚上還在趕工，而是參與下一個活動主題的里民們竟然都聚集在里長的「流失里小酒吧」吃喝起來了，同時跟里長在異國開店時一樣，店門外排滿了站著喝啤酒的人群。靠近一看，阿敏跟犬犬最好認。雍奇跟阿平正在說笑，看到這畫面我有點嫉妒。怎麼在家都不開口、平常也不跟我聊天的雍奇，竟然能跟別人說笑的那麼開心？

我擠進店裡，義大利廚師看見我。大聲喊著：「時計，這裡！這個位子留給你的！」我高興地坐下來，義大利廚師端過來一盤烤蔬菜給我：「時計，這是你專屬的貴賓座位，以後你來都不用排隊，就坐這！」

「這麼好，太受寵若驚了！」我太高興了，心都要飛起來。

「不行，他開玩笑的，要是真的這樣，以後其他旅客怎麼辦？」里長遞過來一瓶氣泡水，潑了我一頭冷水。

正想要爭辯，那對西部牛仔夫妻走向我，手上拿著一幅裱過的書法字，「時計，我們一直要送你一幅字，但是平常在里裡，送你那幅字怪怪的，現在天時、地利、人和，就在這裡，里長見證，這幅字送給你！」

那是兩個書法字「是否」，不懂他們送我這兩個字的意義，猶疑了一下，沒有提問，我收下了。

政璋擠過來湊熱鬧：「時計，多用〝是否〞造句，但要跟你自己有關的造句喔！」

這是什麼意思？彷彿他突然就知道我心裡藏著一大堆祕密似的。

里長意味深長地笑笑沒有多說，義大利廚師倒是替我造了一個句子：「你現在是否想吃義大利水餃呢？」

「當然要吃！」我肚子餓得可以吃下一整盤。

幾個人擠在一張小桌上，開心的吃吃喝喝，想要坐在店裡面的人其實不多，這島嶼氣候太溫暖了，大家都待外面，坐在地上吃東西聊天。犬犬倒是乖乖的窩在我腳邊，因為他那胖大的朋友阿敏，竟然坐在門口又睡著了。

我端了一盤炸雞放在阿敏鼻子前，他聞到香味人就醒了。揉揉眼睛，他跟我說：「我們去一邊看星星，一邊吃炸雞。」說完慢慢站起身來，犬犬跑過來緊跟著我們，走出商店街廊道，沒有光害的島嶼上空，滿天星星像張網子一樣把我們覆蓋在這溫暖的草原上，我們找塊大石頭坐下，啃著炸雞，安靜的看著星星。

初次見面

一年時間說長不長、說短不短。很快的，所有的商店都就緒，事實上，很早就完成了，在正式參與「家庭關係經營與重建」的客戶還沒有上岸前，都是里民們自己在玩樂，每天從這家店串門子到那間店，里民住的小草棚穿插在客戶的大草棚中，他們竟然每天輪流住不同的草棚，並且認為每個草棚方位跟風向不同，他們都要輪流住過再決定正式活動要住哪個草棚，真是拿他們沒辦法。我比較常待在子薇的畫室，政璋的塔羅星相教室常常擠滿人，大家去算一下塔羅牌倒不是真的要算命，而是去聽他解釋那些牌的故事跟卜算事情之間的關係，然後一群人哄然大笑。這群看起來沒有很老，但其實真得很老的老人，奇怪地處在停滯的時空中那麼久，怎麼會相信塔羅呢？完全是當作有趣的事情來看待而已。所以政璋的塔羅牌攤子，就變成尋找樂趣的所在了。反倒是一起工作的員工們，還有那些應該專精於心理學的工作人員，很認真的來抽張塔羅牌，當作工作中或生活中的疑難解惑。其實我一直都很想去抽張牌，我想問，「請問Anna過得還好嗎？她有新戀情了嗎？或是她還會有另一個一見鍾情？」但我不敢，我不想透露自己的祕密讓更多人知道，我仍然維持那個長不大的女孩身分就好。

魏民提前一個月上岸，中間他也常來看看商店街廊道跟草屋的工程進度，對於草屋，他很專注，因為這是重要的旅客們登島參與行程，要住滿三十天的地方。每一間大草屋都有一個客廳、一間大開放廚房兼餐廳、三個房間以及兩間衛浴，還有一間專屬的心理諮商相談室。所以大草屋面積都很大，十五間大草屋加上三十座小草屋，已經把島嶼東邊全部鋪滿，每天欣賞朝陽的海岸區面積縮小不少，座位區因此取消，只留下露天的瑜伽區。Amy特別從印度聘請了一位瑜伽大師，這點讓魏民很讚賞，現在他對Amy的看法有所改變，決定要留任當作長期特助。人事由他決定，我無所謂，只要這間公司一直順暢運轉，將阿敏當初設立的初衷繼續傳承下去就好。

終於，第一批參加「家庭關係經營與重建」之旅的旅客們登島的日子來臨。公司對外宣傳這個行程，企劃團隊想了一個很有趣且能降低參與人抗拒心理的名稱，叫做「全家的平行世界旅行」。說明行程大意是「如果在一座遺世獨立的島上建造家庭，現在這個家庭會變成如何呢？全家所有成員一起參與行程，將贈送三十天瑜伽課程。」

我站在碼頭遠遠的角落，看著小艇一艘艘靠近，接待人員一組組帶領每個家庭到安排好的草屋去，場面壯觀。不由得佩服當初阿敏的創意跟魏民執行的細心，兩個人配合起來才能完整「移動島嶼樂園俱樂部」這家公司。我其實也不算是一個好的看守者，因為阿敏不在的這些年，魏民等於是一個人孤軍奮戰。

旅客們都已經進到自己的草屋去，草屋裡等待他們的是專屬的心理諮商師，在歡迎晚會開始前，要先了解家庭中每個成員之間的關係，方便接下來近一個月的行程安排。不過安排好的計畫，都擋不住那些「留時里」頑皮的老先生老太太們擾亂行程，這些不受控制的長輩們，竟然開始在客人的大草屋間晃蕩，插進心理諮商師與旅客們的談話會，還有人竟然彈著吉他，邀請大草屋裡的客人們一起唱起歌來。

魏民皺眉頭、雙手交叉，阿敏在旁邊看著大笑，最後走到草屋中心的服務櫃台廣播：「商店街工作人員，請全部至商店街集合。」里民聽到廣播，一時覺得無趣，但也沒有聽從廣播指令回到商店街，竟然都跑到碼頭去玩遊艇，這些遊艇專門準備給旅客隨時想退出行程，或萬一有什麼不得以原因急需離開島嶼而準備的，之前旅客還沒有抵達，這些遊艇是停在蜜月假期那一區，他們沒辦法過去取用，現在機會來了，海面一片飆速遊艇掀起的小浪，這些里民，我實在不了解他們，平常有那麼壓抑嗎？現在像完全解禁，長不大的長輩們。

犬犬被西部牛仔夫妻帶走，竟然也在其中一艘遊艇上，遠遠看見犬犬伸出舌頭吹著海風，一定也很享受遊艇飆速的快感吧！

歡迎晚會，在其中一座俱樂部的宴會廳舉行，最初計劃是選在早晨看日出的廣場，但因為日出廣場面積縮小了很多，所以把地點改到宴會廳，室內晚會少了營火，氣氛便完全不同，所以廚師準備了更多啤酒，雖然沒有營火，但至少可以多來點酒精，讓大家放輕鬆解開心防。晚會節目很簡單，重點是把未來一個月節目與每日用餐形式解說清楚，並且介紹所有工作人員。然後心理諮商師設計了一些團體心理遊戲，整個宴會廳一、二百人動起來，屋頂快掀翻了。但在這座島嶼上，這是今晚唯一燈光閃亮，充滿喧譁聲的地方，對我來說，這是很奇特的景緻，因為我從沒有看過一群里民與外人一起相處的狀況，算是「留時里」一種歷史性的畫面嗎？或者算是往前跨進一步的生活吧？

站在最後面旁觀人群喧嘩，我躲在甜點區吞食最愛的甜點，這時候看到一個身材削瘦的男生站在甜點區另一端狂吃！本來注意力都在舞台上，目光往前注意活動進行就沒有看見他，等到開始專心吃甜點時才看見他脫隊。我對他眨眨眼，走過去自我介紹。

「嗨，我叫時計，你呢？」我伸出手想跟他握手，但他一手端著裝巧克力蛋糕的甜點盤，一手拿著甜點叉，很尷尬地想把甜點放下，「沒關係，你繼續吃！」

我大笑，然後把伸出去的手又收回來。

「你好，初次見面！我叫杉杉！」仔細看，他皮膚粉嫩，一頭金髮應該是染色的，其實他的身體是個女生。突然有盞燈在我心裡某個角落亮起，在我狹小的世界裡，出現了同伴。

杉杉

「你們全家一起來參加『全家的平行世界旅行』嗎？」我問他。

「只有我跟爸媽，哥哥姊姊有自己的事業要做，就沒有一起來參加。」他甩甩一頭剪得很短的金髮。

「你呢？」他回問我，我在想要怎麼回答，因為在我心裡，家人是整個「留時里」的里民。

「我跟哥哥嫂嫂一起來，爸媽很早就不在了。」最後我選擇如此回答他。

「你不跟他們一起參加大會遊戲？覺得無聊嗎？」我好奇地問他，因為我是覺得很有趣，很想一起加入，但最後還是選擇站在禮堂後面支持工作人員。

「跟爸媽一起玩遊戲？如果太配合他們，我認為行程結束，會讓他們誤會我答應他們的要求。」

「什麼要求？」我太好奇，沒有顧慮太多直接問他。

「你呢？為什麼會來參加這個行程？」他沒有回答我的問題，卻反問我。

「我不得不來，因為我是工作人員之一。」我說完，他就一副完全了解的表情，然後我們彼此用啤酒瓶敬酒。

第二天清晨，所有人都集合在島嶼東邊看日出，這是瑜伽時間。Amy從印度請來的瑜伽老師帶領大家面對日出進行深呼吸、調整呼吸節奏，然後在金黃色的太陽光照耀下，找到自己的靜心，再開始緊湊但頭腦清新的一天。

這一小時的瑜伽活動，讓我肚子咕嚕咕嚕地響不停，肚子發出吵雜的聲音強烈影響我的呼吸節奏與靜心。

我把我的感覺告訴阿敏，他笑我：「你就是沒有慧根啊，我這麼胖都能克制住吃的慾望。」說完他打了一個響嗝，吐出明顯吃過炸雞的味道。

「一大早你哪來的炸雞可以吃啊？」我抗議地質問他。

「我一大早就跟義大利廚師一起吃過早餐了，呵呵。」然後露出尷尬的笑。

這就是阿敏，沒有什麼可以擋住他的任性。

瑜伽課結束，一群人集合大餐廳吃早餐。早餐是全蔬食，因為剛做完瑜伽，蔬食比較適合清新的身體。營養師跟義大利廚師一起設計出來的蔬食菜單真是美味，但我口味偏重，大部分選擇用起司料理的炸物或烤過的蔬食，想到阿敏先偷吃了炸雞，應該是前一晚就預謀好的。

餐廳裡大多都是一家人佔據一桌，我跟阿敏還有犬犬一桌，里長不見人影，應該是在廚房幫忙。遠遠地我看見杉杉跟他爸媽三人一起用餐，原來他爸媽年紀很大了，看起來有超過七十歲的樣子。想到昨天晚會上跟杉杉的對話，心中很好奇七十歲的父母對成年孩子會有什麼期望呢？如果我爸媽還在的話，對我又會有什麼期望？

早餐後，參與行程的旅客們各自前往他們自己的草屋，開始今天早上的家庭諮商課程，我跟阿敏帶著犬犬準備直接去里長的「流失里小酒吧」喝咖啡，路過子薇的畫室，她已經在畫畫了。

「你沒有去吃早餐嗎？」我問她。

「我不餓，想快點把早上的日出畫下來。」她沒有回頭看我，只專心地面對她的畫布。那是一輪很大的太陽，佔滿畫布中央，但太陽卻是粉紅色的，太陽右下角有一朵很小的、鮮黃色的小花。也許那朵小黃花才是她心中的太陽吧？我沒有再繼續吵她，退出她的畫室。從外面看，畫室的彩色玻璃閃閃發亮，璀璨的玻璃門裡，是子薇與她的繪畫世界，即使移動到另一座島嶼，她還是沉浸在自己的繪畫世界裡。

里長的「流失里小酒吧」裡，已經有客人了，不過這個時間肯定都只有里民，旅客們都在草屋裡進行家庭心理諮商課程。

阿平正在喝加了牛奶的咖啡，桌子上還放著一大盤炸雞。他尷尬的笑著說等一下要去犁田，早上只吃菜，可能會熱量不夠、血糖太低。我把他吃剩的骨頭、剩下的肉碎屑分給犬犬。因為今天餐廳沒有特別為犬犬準備肉食，所以早上犬犬只有吃乾飼料、狗餅乾。

雍奇喝著黑咖啡，正在看一本陶藝的書。我把咖啡端過去跟他坐同一桌，問他以後要自己做花盆嗎？他沒抬頭看我，也沒開口，只點點頭。我默默地喝著我的咖啡，心裡不太平衡，為什麼他能跟別人有說有笑，對家人卻都難得開口？

「我們也去家庭心理諮商好嗎？」我也不知道自己為何突然衝口而出這樣的句子。

雍奇驚訝地抬起頭看我，嘴角微微張開似乎頗為意外。

然後他再度點點頭，開口對我說：「其實我也早有這種想法，但是我知道原因是什麼，所以也不必求助心理諮商。」

「你記得我們第一次一起去印度出任務的情形嗎？那時候你的感受，應該是知道我愛你這個妹妹的，只是很難面對你，或是平常不容易對你表示關心。我一直想當面問你，你自己知道原因嗎？」雍奇很認真的問我。

「不是很清楚，但我猜因為我長得像爸爸嗎？讓你看見我時，就想到死去很久的爸爸？」其實他問我的問題，也是我一直想當面質問他的問題。

「這是原因之一，我一直在等你來問關於爸媽的問題，但是我發現你好像並不太想知道，也從來不問。」雍奇眼睛像要看穿我似的直視我。

「我記得我上小學的時候，爸爸出任務過了回家時間卻一直沒回來，媽媽去找爸爸，也沒有回來，後來聽說他們在異鄉受傷死去了，不是就這樣嗎？」

我把我記憶裡的故事翻出來陳述。

「差不多是這樣，但其實爸爸是在出任務時，突然想要逃離這座里，他完成任務後不願意回來，說『突然』並不對，該說是計畫很久了，應該是他困在這座里太久了，他想要不一樣的生活。」

「我不能原諒他的是，怎麼可以承受不了壓力，就自私的拋下我們？媽媽因為擔心爸爸，著急地出門找他，但他已經離開出任務的城市。斷斷續續辛苦的找了好幾年，都沒有找到，最後『流失里』的大本子就突然出現他的訊息，他在某一座城市裡得了很嚴重的傳染病。我們都建議媽媽不要再去找他了，但媽媽說：『訊息會出現在大本子，那就是遺失的東西，我要把你們遺失的東西帶回來。』這一去，就是後來你知道的，他們兩人都客死異鄉。」說完，雍奇沒有等待我的反應，再度沉默，眼睛拉回他翻開的書本裡。

其實，我聽完爸爸的故事，並沒有太大的失落或傷心，因為我可以理解爸爸那種被困住、想要掙脫與逃離的心情，但我不能接受雍奇把我跟他心中認為不負責任的爸爸連結在一起，因為我跟爸爸不一樣，我不是那個沒有責任感的爸爸。但我現在也終於明白雍奇是怎麼看我的了。

我現在需要放空，好平息我的心情。於是我帶著犬犬，坐上一台高爾夫球車準備開到海邊去，阿敏不知何時出現，突然就擋在車前，要我載他一程，他說他要當跟屁蟲。沒時間理他那些編造的理由，我清楚他這麼做的原因，他就像是我肚子裡的蟲，我太清楚他、他也太清楚我。

「時計，我剛都聽見了喔，事實上，里長那間小店裡的所有人也都聽見了。」阿敏用非常輕的聲音說。

「那你希望我現在該如何反應？」我只知道自己全身發熱，我弄不清楚我的感覺是生氣？還是失望與傷心？更多的是，我真正的家人無法百分之百、無條件的愛我。

生活在「留時里」，原來真正孤單一人的，就是我這個里長。

「我希望你開慢點就好！」說完哈哈大笑，我才驚覺自己把高爾夫球車當做汽車般飆速，猛踩踏板。阿敏的笑聲，讓我那一剎那間抽離孤單一人的感覺，喪氣負面的意識消失殆盡。我還有阿敏跟里長啊，他們是真心的愛我、關心我。而且如果我那麼在意雍奇對我的看法，我應該盡全力去改善。突然，不開心的因子消散，我跟著阿敏一起狂笑起來，把高爾夫球車飆速到極致，最後撞上我跟阿敏平常坐著看星星的那顆石頭，高爾夫球車翻車。我們躺在地上狂笑，犬犬一路跟著，現在輪流舔著我們的臉，一旁汪汪叫地湊熱鬧。

我們兩人加一犬在草地上打滾、耍無賴，純粹舒壓。沒注意到大石頭旁不知何時站著杉杉，一臉驚訝又狐疑的眼神看著我們。

「嗨！杉杉，你們家早晨的家庭諮商課程結束了嗎？」我猜他一定是偷溜出來的。

「還沒，我先結束。」很乾脆地回答。我跟阿敏兩人互相使眼色，這種回答，顯然是諮商得不很順利。我沒有什麼立場對杉杉說教，諮商這種扯開簾幕後面隱藏的場景，就像烈日一樣，讓人只想躲進陰影，不想讓烈日曬傷。換作是我，大概也會驚天動地逃離諮商現場。

對某些人來說，諮商這樣的事情，會有什麼問題讓人反應那麼的激烈嚴重嗎？當然有的。我猜杉杉碰到的問題就是：「請問你為何喜歡穿男裝？」之類的，而這就是杉杉爸媽最無法接受的。總希望他能改變，成為爸媽最愛的杉杉，那個五歲時穿著粉紅色小洋裝的杉杉。但即使再討厭那會曬傷人皮膚的烈日，你還是得面對熾熱的直射，因為熾熱的另一邊，等在大樹陰影下的，是杉杉最敬愛的父母。

「傍晚要跟我們一起到祕密基地看夕陽嗎？」阿敏問杉杉。

「可以嗎？當然好啊！」杉杉回答得很乾脆，至少有地方可以躲避父母的眼睛。

下午我跟阿敏去巡草屋區，看看工作人員有沒有看守好草屋，因為現在大部分的人都在商店街以及島嶼東邊的開放活動區參與自己喜愛的活動，或是到「流失里小酒吧」下午茶，草屋區只剩下各廚師們在準備晚上家庭共煮的食材。每個家庭想吃的餐點都不一樣，這一個月這些廚師必須非常有耐性，細心的為這些家庭量身定制餐點、準備食材，還要在一旁督導他們怎麼煮菜，很辛苦。今天第一天煮中餐，聽說就有草屋裡的家人大吵一架，也有家庭一餐煮下來已經快二個小時，加上飯後自己清洗餐具，下午只剩下一、二個小時可以自由活動，然後又要回到草屋準備煮晚餐，這些家庭馬上不耐煩地到活動中心辦公室來抱怨。不過魏民指派的活動執行長，本身也是位心理諮商師，非常有原則與立場，好好說服了這些人順從跟隨活動設計的精神走，真是不簡單。

傍晚我們在商店街等了許久，杉杉都沒有出現，應該是陷在家庭晚餐裡無法抽身，所以我跟阿敏就在西部牛仔夫妻的書法字畫店裡玩毛筆，我臨摹一幅山水畫，阿敏卻用毛筆寫起西藏文，曾經流浪西藏，想必時間沒有浪費，學會了西藏文，真是佩服他。

西部牛仔夫妻叫我記得要做「是否」的造句。我想，那不如現在就寫，所以我想都沒想，就寫下了：「我們是否真的生存在這座島嶼上？而你是否真的愛我？」看我寫出來的句子，西部牛仔夫妻擠過來，兩人雙手一起環抱我，緊緊抱著不放！

「時計，我們當然愛你啊！非常非常愛你！」第一時刻我驚嚇，然後慢慢反應過來，『是啊，大家都算愛我吧！那我們是不是真的生活在哪裡，就不重要了吧？』我在心裡對自己說。

阿敏在旁邊看見這種場景，哈哈大笑起來，不過他也加入擁抱的行列，突然我們好像一群基督教眼裡的異教徒，男男女女一群人抱在一起，算是什麼場景呢？

然後我轉頭對阿敏說：「我決定了，明天晚上我要找心理諮商師來幫我跟雍奇諮商！」阿敏對我豎起大拇指，然後我們兩人帶著犬犬在星星環抱的海邊跑步，最後一路跑回宿舍去。

子薇的日出

今天早晨，大家漫步往日出廣場準備跟著瑜伽大師進行每日早晨的瑜伽課程，卻驚訝地發現，瑜伽大師背後多了一大幅畫，正是子薇畫的那幅粉紅色日出。

大家看著那幅畫，交頭接耳，瑜伽大師微笑地站在畫前，對大家說：「謝謝子薇為大家畫出這幅早晨的日出，在她心裡，這裡的日出是粉紅色的，而代表她自己的小太陽才是金黃色。你們每個人心裡的日出是什麼顏色呢？等下我們靜心時，每個人都觀想自己的日出，然後告訴我是什麼顏色，同時也請你告訴我日出旁邊的你是什麼樣的顏色，好嗎？Amy會代表我記錄下你們每個人說出的日出顏色，然後她會交給你們今日早晨的心理諮商師，你們可以依據這條線索好好地探討自己此刻與家人在這座島嶼的心情。那麼，我們現在開始今日的瑜伽吧！」說完，大家一起安靜的跟隨大師做起瑜伽，最後閉起眼睛觀想心中的太陽。我喜歡藍色，反正不管怎麼想，像我這樣駑鈍的人，我心中的太陽就會是我自己最愛的藍色吧！

早晨的瑜伽課程結束，一群人又往餐廳走去準備吃早餐，我幫忙子薇把她的畫搬進畫室，中途雍奇本來也要過來幫忙，但看到我在一旁幫忙子薇，他便說：「子薇，你有幫手了，那我先去餐廳替你留位子，昨天你沒吃到早餐，素食早餐挺美味的。」說完也不等子薇是否說好，就往餐廳走去。原來，他還是位體貼的丈夫。

是啊，他是很體貼細心的人，以前跟他出任務時，就有深刻感受。只是他無法百分之百、無條件的愛我這個妹妹而已。

把那幅巨大的日出畫搬進畫室，我跟子薇說：「原來哥哥對你很體貼呢！」她無奈淺笑，很難得的跟我聊心事。

她說：「你知道嗎？那個粉紅色大太陽其實是我的心，你哥哥是那個小小的金黃色小花。他明明該閃閃發亮照著我，但卻總是躲在角落，靜默的，我不知道他是真的愛我，還是怎樣？總是選擇非常低度地存在我的生活中，感覺上凡事以我為主，但其實卻又好像只是因為要保有他自己的世界，所以生活中盡量以我的意見為主，這樣就可免去許多麻煩。」我驚訝地瞪大眼睛看著她，原來他對哥哥也有很多意見嗎？原來哥哥也是靜默的對待她嗎？

她看我眼睛睜那麼大，繼續說：「很驚訝嗎？既然來到這島上參加與家庭經營與重建有關的活動，我就把我的感覺說出來，我認為雍奇面對我，是把心封閉起來的，我知道他可能很愛我，但總是保留了什麼？我不知道原因是什麼，但他對我的感情，是隔著一層紗的那種，不透明的。」

「我們三人也去心理諮商吧！」我覺得我們一家三口，真的很需要心理諮商啊！

所以早餐用完，我就請活動執行長幫我們安排一位諮商心理師，好好的診斷一下我們的家庭關係。

阿敏知道我們要心理諮商，就對我擺擺手，往里長的酒吧去了。我遠遠對他喊：「去找阿平，幫忙清水田雜草！」只見他背對我搖搖手，犬犬跟在他後面，兩人一路走遠。他不願意運動，有愈來愈胖的趨勢，白天睡覺時間也太多了，真擔心他的健康。一定要隨時叮囑他跟著阿平多多勞動。

我跟里民不同，是工作人員，就沒有小草屋，也沒有專門的諮商室，也不適合在誰的小草屋裡，我們一家三人的諮商，就在活動執行長的辦公室裡進行。

很有趣的是，心理諮商師聽完我和子薇兩人對雍奇的不滿很有一致性，便轉頭問雍奇有沒有什麼話要對我們兩人說，他說他沒有什麼不滿。最後心理諮商師要他談談我們的父親。他沒有抗拒，慢慢的說出了長久以來困擾他內心的、關於父親的形象、父親在他心裡的地位、以及他對父親的不滿等等。

雍奇敘述一堆片段、沒有時間軸線的記憶與想法，聽起來，他很怕自己會變成父親那樣，他也怕出任務受傷或生病回不了家，讓子薇擔心，他知道他與父親不同，但他還是怕會受父親形象影響，變成像父親那樣的丈夫。

所以他把愛藏起來，他愛子薇，但不能太親近，因為他怕萬一他出任務受傷或生病了，他不要子薇像母親失去父親那樣傷心過度，最後選擇一起死去。他要謹慎收斂內心狂妄的想法，以免影響子薇穩定的生活，他要想辦法讓自己定在家中，所以他選擇園藝陶冶身心、他選擇多沉默、在心愛的人身旁默默守護就好。我在一旁邊聽他慢慢述說他自已的內心，一邊流下眼淚，這樣的哥哥，生活得太辛苦了！我應該多體諒他才對，而不是責怪他！

持續了很久的靜默，心理諮商師拍拍手，站起來對我們說：「恭喜你們！你們是我諮商的家庭裡，最快速有效的，諮商一次就夠了，你們不需要第二次諮商。」說完，與我們三個人各別擁抱後，她先離開辦公室。

我的眼淚還沒乾，慢慢的走向雍奇，我跟他說：「我需要哥哥的擁抱！」

他無奈的張開手環抱我，然後拉著子薇的手。

「你怕變成爸爸，但你不是爸爸！我也不願意變成爸爸，我跟爸爸長得不太一樣啊！而且我愛爸爸跟媽媽，我羨慕媽媽可以很愛爸爸！」我像小孩一樣的哭著說。

「給我一點時間好嗎？讓我腦袋改變對你長相的看法，或是你偶而擦個口紅，讓我覺得不像啊！」雍奇無奈的開玩笑。我噗哧一聲笑了，「好啊，子薇不用的口紅送給我擦！」然後雍奇拍拍我，對我說：「其實，我還是愛很爸爸

祕密基地

最近，我跟阿敏傍晚都會自動在我們看夕陽的山洞集合。下午，通常我會在商店街到處晃，看看有誰需要補齊物資做採購？有誰需要幫忙？阿敏則是被阿平拉去耕田，這是我建議、大家共同決定的。希望阿敏藉著幫助耕田，把身體鍛鍊好，回復健康。因為他的身體太差了，常常看見他沒事就睡著。長年流浪在外的結果，使得他身體狀態很差，請他去健康檢查，他怎麼樣都不願意。他不想耽誤「移動島嶼樂園俱樂部」的工作。下午我們各自忙完該做的工作，傍晚就齊聚在祕密基地看夕陽，那讓我們彼此更為貼近，談談今天發生的瑣事，哪個家庭已經開始偷懶，早餐一吃完就全家在島上到處遊玩等等。島上美麗的夕陽，也讓我們一整天忙碌的心情獲得平靜。犬犬最近胖了，因為吃太好了，里長跟義大利廚師每天輪流餵他美食，比我還有口福。

某一天，杉杉終於出現，如願的加入欣賞夕陽的行列。他是自己發現我們看夕陽的洞窟。

「你怎麼會晃到這來？這裡是島嶼東西分開的稜線，你還真會亂跑。」阿敏溫柔的笑著問他，因為杉杉一定是經常避開父母在這附近晃蕩，才會發現這個洞窟。但他只用微笑當作回答，沒有多說什麼，然後坐在犬犬身邊，跟我們一起看夕陽。夕陽慢慢下山了，洞窟內變得很暗，我把帶來的油燈點亮。

「你不用回去一起準備晚餐嗎？」我問他，照行程安排，他應該一起跟家人準備煮晚餐。

「已經好幾天沒有一起煮了，而且現在回去也超過晚餐時間。」他眼睛沒有看著我，背對我跟阿敏說話。

我跟阿敏兩人互看一眼，大概知道問題在哪吧？

我對著杉杉的背影說：「杉杉，其實你的問題，曾經發生在我身上喔！」然後我就把我目前為止唯一的戀愛經驗告訴他，以及我是多麼想念Anna，但我的工作實在太忙無法去找她，當然我隱瞞了「流失里」的特殊境遇才是不能跟Anna在一起生活的主因，還有我最好的朋友阿敏如何錯把我當情侶，最後無法接受這種事就發生在他身上，到處流浪超過十年等鉅細靡遺的細節。

他驚訝的轉身看著我們，但還是無奈地聳聳肩：「雖然你們能夠懂我，但是我的父母就是無法接受，他們認為這可以靠心理諮商，或是牧師驅邪、堅定信仰…等等就能夠改變！他們不知道我從小就認為自己是男生，我從小看見女生就害羞，這對我來說並沒有對錯，我就是這樣長大的，只是他們都沒有發現罷了！如果這對我而言沒有對錯，為何一定要糾正我？為什麼要用他們自己的價值觀來衡量我？如果我過得辛苦，那也是我自己會去面對的事情，畢竟我是成年人了！」

我跟阿敏沒有繼續再說什麼，因為我們也沒有答案！我知道我跟他不太一樣，我以為自己會愛上某一個男生，但最後我卻愛上一位女性，而且再也沒有談戀愛了，我的心始終是屬於Anna的。

三個星期過去，這是杉杉在島上的最後一週，如果他的問題沒有解決，那這一個月的旅行，對他來說就是浪費時間了。

「請你爸媽明天用完晚餐，到商店街上的塔羅牌那一攤去玩玩？」阿敏突如其來的對杉杉說。

「他們為了我，也給大師看過星象，只是更堅定他們可以改變我的想法，一點用也沒有！」他聳聳肩。

「政瑋倒不是真的算命大師，但他有個金頭腦，也許可以解決你的問題。」

阿敏故意可有可無的隨性說說。他就是標準鬼才，總是想得到意料之外的對策，政瑋滿腦袋的科學家歪理，也許真得能夠產生奇怪的漣漪。

「你可以試試看啊，如果沒用，那就跟原來一樣，沒有什麼損失。如果有效，那這趟旅行你就沒有白來。」我在旁邊加油添醋鼓勵杉杉接受我們的建議。

「嗯，總比吃完飯沒有地方可去的好。」杉杉一答應，阿敏便站起身來。

「好，我要去找政瑋算一下塔羅牌了。」說完嘻嘻哈哈地跟犬犬一起小跑步往那條燈火燦爛的商店街去。

「每天早上的心理諮商，對你有幫助嗎？」剩下我跟杉杉坐在洞窟，我好奇地問他。

「比較像不要傷到父母心理的攻防戰。」他無奈的笑笑。

那肯定是非常辛苦的吧，如果雙方沒有打開內心，或者已經堅信某件事情是真理，那麼心理諮商就變成對方拿來加強自己信仰以及誤認為可以矯正對方的工具了。

「杉杉我很佩服你呢！」我由衷佩服他，每天早上面對父母的期望，一定要有極大的耐心與包容，雙方才能平心靜氣，不至於大吵起來！

海邊的星星已經鋪滿天空，我跟杉杉靜靜坐著，感受這座島嶼才有的寧靜。

「到底有什麼事情，會比去找她更重要呢？為什麼不帶她一起來？」他問我。

這是兩個很直接，同時與我完全不在同一個經緯度上的他，才會有的提問，一時不知道該如何回答。

我沉默了一會兒，才想清楚該怎麼回答他：「我真的很想她啊，但她有自己的小茶館要經營，而我扛著家族企業，壓力也不小喔。兩個相愛的人也可能因為現實問題無法每天朝夕相處，最後只能面對現況，遠遠地、默默地守護對方，那也算是一種愛的語言吧？」我回答的很不肯定，因為我其實根本無法遠遠的守護Anna！現在認真分析自己，根本就是在逃避她吧？因為無法告訴她我的處境，所以我躲起來，不跟她解釋，甚至也不編個理由給她，我選擇消失不見。

「你的未來，不是自己可以決定、也不是你自己喜歡的，因為你預約的未來是別人希望你做到的未來，所以你不快樂。」

傍晚，我從阿平的稻田過來商店街，涼風徐徐吹著很舒暢，心情也跟著好起來，我先到子薇的畫室去洗手、簡單梳洗一下，她這裡的洗手間又乾淨又芳香，就跟她的人一樣。然後和她在這裡等雍奇，三個人再一起到里長的酒吧去吃晚餐。自從上次心理諮商後，我們三人一家的感情好極了，這種需要對方、彼此相依的感覺真是太棒了。義大利廚師今天幫我們三人準備了裡面有包著藍莓的義大利水餃，非常美味。飯後我喝里長親手煮的咖啡，雍奇開了瓶啤酒，子薇喝著義大利廚師泡的花草茶，一家人坐在一起晚餐，我覺得這樣的日子就該叫做「幸福」吧？

阿敏稍晚帶著犬犬進來，跟我們擠一桌，他們一人一犬本來都應該是肉食動物，但是里長只肯給阿敏吃沙拉、蒸南瓜、跟一碗肉燥蒸蛋，阿敏看了搖搖頭，但也莫可奈何，大家都認為他身體不好，需要從減少肉類、多吃蔬食開始。他低頭看了犬犬的食盆，本來想拿走犬犬的雞腿肉，把大家逗得哈哈大笑。

時間差不多了，杉杉跟他那對年紀很大，看起來差不多超過七十歲的爸媽，一起到里長的「流失里小酒吧」跟我們會合。但他爸媽只以為杉杉想要在離開這座島嶼、結束行程前，跟爸媽一起逛逛商店街，去大家吃完晚餐後，最想去消磨時間的「流失里小酒吧」喝點飲料，和大家聊聊天。

他們三人坐在另一桌，隔壁那一桌則是西部牛仔夫妻，還有其他不喜歡員工餐廳，晚餐一定會在這裡吃的里民，手上拿著飲料或站在吧台、或站在門口，人聲喧嘩的小酒館，很是熱鬧。阿敏走到杉杉那一桌，和他的爸媽攀談很久，遠遠看他們笑得很開心，這是阿敏很擅長的事情，他能很輕鬆地跟人們打成一片，絲毫不會防備他。然後我看他們站起來，往隔壁的政璋塔羅牌算命攤去。我在心裡叫好！阿敏辦事就是可以放心啊！然後不管子薇跟雍奇兩人狐疑、搞不清楚狀況的眼神，我急忙離開餐桌跟在他們後面。

阿敏一到政璋的攤子，就把排在前面那些來胡亂算命玩耍的里民全部趕跑，「我們有預約，大家要照秩序。」里民看見阿敏旁邊跟著客人，就不好意思胡鬧，全部散開了。

政璋請杉杉一家人坐在攤位前，問他們：「想要對未來預約什麼嗎？」

預約？好比喻。我跟阿敏兩個點點頭表示這個比喻非常讚。

「我爸媽想知道，我以後日子過得好不好？」對應政璋的問題，這其實是不重要且不相干的提問。政璋聳聳肩：「所以你不是來預約自己的未來，而是想知道別人預約你的未來是如何嗎？」政璋請杉杉再確認一次，而我偷瞄杉杉父母的表情，媽媽顯得很尷尬，爸爸則仍是一派看不出情緒的面容。

政璋請杉杉抽出三張牌，我不懂塔羅牌每張牌的含義，只大概知道每一張牌的名稱。杉杉抽出的三張牌，一張是吊人，在正中間，兩側各是一張國王牌倒轉過來，一張錢幣六也是倒轉的。政璋看了一眼這三張牌，然後嘆了一口氣：「下面我要說的話，你們也許不愛聽，但反正這些算牌的機率就當作你們的參考而已，不要太過介意。我現在要正式解牌了：『杉杉你的未來，不是自己可以決定、也不是你自己喜歡的，因為你預約的未來是別人希望你做到的未來，所以你不快樂，並且有可能脫離正常的人生軌道，因此生活開始過得不好，進而窮途潦倒。』我已經解牌結束，並且不接受其他發問。」我跟阿敏站在杉杉他們一家人後面，覺得政璋這服藥好像下得太猛烈了，一兩個里民和我跟阿敏都露出驚訝的眼神，我又偷看了杉杉父母的表情，媽媽很激動，雙手拳頭緊緊握著。爸爸還是看不出情緒，杉杉顯得很狼狽，好像碰到晴天霹靂的大事。最後，我聽見杉杉的媽媽開口了：「爸爸，我們年紀都大了，杉杉上面有哥哥、姊姊，我們就不用擔心了，讓他去做他想做的事情吧！」杉杉的爸爸沒說什麼，只站起來扶著杉杉媽媽的手：「很久沒喝一杯了，我們到隔壁小酒館再去喝幾杯吧！」

杉杉的爸爸一進「流失里小酒吧」就直接坐在吧台，而且竟然跟里長聊起來了，兩人還有說有笑。杉杉跟他媽媽還有我跟阿敏坐在一起，四個人點了一大塊提拉米蘇一起用湯匙分食。

我不清楚杉杉的問題算是解決了沒有，但至少，此刻我看見杉杉的爸爸看起來是很放鬆的，這位文質彬彬的老先生，正在和里長、西部牛仔夫妻聊起世界各大博物館的特色，好像剛剛塔羅牌算命的結果完全沒有影響他，甚至剛才那些事情也不曾發生過。這到底是因為他非常有智慧，可以寬容一切？還是信仰非常堅定、無法動搖？我們不得而知。因為這一團旅客離開的日子，很快就到了。

離開的日子那天，杉杉在碼頭上，要踏上小艇前，走過來跟我和阿敏擁抱，他告訴我們：「爸爸說他年紀大了，不想跟我爭辯了。」我們開心留下彼此的電話號碼，希望以後還有機會多聯絡，也許在地球上其他的地方再相遇。

一整個月每天面對同樣的一大群旅客，真是累壞了，完全不是輕鬆的工作。我急著到「流失里小酒吧」去放鬆一下，沒有旅客在，就沒有人跟我搶里長了。

「我要喝冰果汁！」坐上吧檯，馬上跟里長點飲料喝。里長給我一杯冰檸檬汁混進氣泡水，冰涼爽口。

「杉杉一家人還好吧？」里長問我。

「看起來還可以，里長也知道他家的事情？」這樣八卦旅客的事情，有點怪怪的。

「嗯，杉杉爸爸說，杉杉如果是天生的，那要怪他給他的基因，沒把他生好。如果不是天生的，那也要怪他，沒有注意到他成長時碰到的問題及時解救他。等他成年才來要求他為了自己的價值觀改變，更是他的錯！這次旅程連續每天早上深談，他知道無法改變杉杉，而這個孩子還是耐著性子陪著他們夫妻做心理諮商，一點也沒有抱怨。他爸爸還說，他們夫妻年紀也不小了，家人之間應該好好開心過日子，只要孩子們都平安幸福健康就好！」

我喝著果汁，頻頻點頭。阿敏跟犬犬這時候慢慢走進來，先大喘一口氣再坐下來。「終於可以好好休息一個月了。」我們的旅遊行程通常是一個月，結束後工作人員休息兩週，再提前兩週準備下一團旅客接送上岸。阿敏當然不用像工作人員一樣提前兩週就在工作崗位上準備，他那麼容易疲累，現在終於可以好好放輕鬆。

里民們才跟里外的人朝夕相處玩耍了一個月，有些人就喊累想回家了。果然是老人們呢！在外面待久了，就會開始想要回到溫暖的家去。

雍齊跟子薇決定去一趟歐洲，再度一次蜜月。果然心理諮商發揮作用了吧？現在兩人非常甜蜜。我變成巨大的電燈泡了。

我跟阿敏、犬犬、里長還有其他想回家的里民一起先走，義大利廚師說他想去熱帶國家玩兩週再回島上，但會先把里長交代的採購品買好再走。這種感覺很奇妙，原本天天都會見面、工作在一起的人，突然這兩週就消失在地球的另一個地方，但你知道他還在你心裡，因為是好朋友，是工作夥伴，你也清楚還會再見到他，但就是會依依不捨。雖然短短一個月，但好像過了一世紀那麼久。

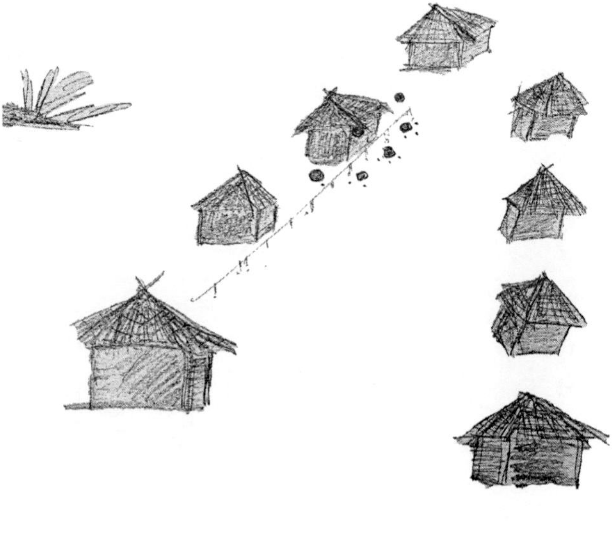

大斜坡的另一邊

回到「留時里」的家中，家裡的花草，有鄰居來幫忙澆水養護照顧，一切都像一個月前離開家時一樣生氣蓬勃。這讓我懷疑，里民真的都會想要改變，想要生活往前進、時間往前走嗎？因為我回到家，那份舒適感與好像罩在玻璃箱裡的生活，令人感到安逸。不過，這次「移動島嶼樂園俱樂部」的活動，不知道對里民會有什麼實質影響，我想也許什麼改變都不會發生，只有心裡是否開心，生活是否找到重心，這兩件事會有所改變吧？

家裡沒有子薇跟雍齊，顯得更寬大了。以前在家很少跟他們聊天，這一個月在島上跟他們說的話比過去幾十年來說得還多，這對我來說算是很大的改變，我相信雍奇與子薇也有同樣的感覺，這也許就是生活往前進的證明吧！

躺在床上想著這些雜事，不知不覺就睡著了。

睡夢中，隱約聽見此起彼落的汽車喇吧聲音，原來是天亮了。

「但不對啊，這是『留時里』啊！」

外面卻感覺是一大排汽車塞在路上，我衝出大門，

路上真的是一堆汽車呼嘯而過！我們里中的主要道路什麼時候變成汽車經過的道路？其實，事情發生的當下，我的腦洞還沒有大開，我還沒有看清楚發生什麼事情！是住在斜對面的牛仔夫妻遠遠地大力搖著帽子對我說：「時計，我們要去美國西部住一陣子了！」

「什麼？去旅行需要特別說？」

突然，我明白了！我們往前走了！時間往前走了！

我們的里，終於不再是一團霧或一座迷宮，道路被穿越，我們與世界終於平行前進！我穿著睡衣，衣服都沒換，急著往里長家跑去，但敲門敲半天，里長不是還在睡、就是人不在，沒有來開門，我快速轉頭朝阿敏家跑去！

「阿敏，我們成功了，你的點子成功了！」阿敏已經站在客廳呆望著外面發生的事情。

「我們去塔鐘那裡看看！」我們兩人一犬，騎上機車，一路衝上塔鐘，竟然有沒見過的外人在那拍照。而大斜坡的另一邊，穿越里中的道路貫穿山坡的另一邊，原來是一座很美麗的城市。城市中央甚至也有一座鐘塔。

其他里民已經在大禮堂互相擁抱，他們看見我跟阿敏，也過來擁抱我們。

「時計，謝謝這些日子以來你們的努力，再來的日子，我們要到處去旅行，也許會突然變老，來不及回到里上喔，誰也不知道會發生什麼樣的狀況呢！但至少可以確定，我們終於可以大方地告訴別人我們住在哪裡了。」

「時計，里長一大早就先回『移動島嶼樂園俱樂部』去了，他說現在他很放心，沒必要再留在里上看守大家，他要你跟阿敏先好好把『留時里』的資產都整理一遍，看要如何處理都可以，要捐給慈善機構或是要繼續投資大家的事業都可以，這是他交代我要告訴你的。」

我心裡弄不清楚，自己喜不喜歡這樣往前走的日子要開始了，因為怎麼大家好像都要準備離開我了呢？我忘記他們年紀都大了，要真實面對生老病死的課題，也許，這樣改變一點也不好？我完全沒有預期到這些，本來初心只是希望里民們能有生活重心，不再被時空所綁住、無處宣洩。

阿敏似乎看出我的驚懼與煩惱，按著我的肩膀對我說：「時計，你太擔心了，大家都覺得是好事呢，他們比我們更有智慧面對這些，也許這才是他們期望已久的。」

我落寞地回到家，打電話給雍齊、子薇、里長，一概沒有人接。感覺他們已經消失不見了，在今天以前，他們理所當然的每天出現在我生活裡面，現在突然都聯絡不到，我有點發慌，但我想到阿敏曾經告訴我的話：「沒有存在的不存在，也沒有不存在的存在。」心情稍稍平復後，我突然想到，我終於可以去見一個人了。

Anna，我要去見她。我終於可以去找她了，也許她面貌變老了，也許她身邊有別人了，但我終於可以有機會爭取與她共度下半生。不論去找她會碰到什麼情形，至少還有機會，至少向前走的「留時里」，讓我終於可以跟一般人一樣，去爭取與我所愛的人一起共度餘生。

阿敏，

「留時里」就暫時先交給你，里長交代的任務，也一併麻煩你。

我有一直想要，卻無法得到的東西要去尋回。

我最好的朋友，不用我特別說，你應該就明白我要去找回什麼！

等我找到她，會第一時間告訴你，即使她已經屬於別人，我也想試試看。

里長那邊，就請你幫我轉告他，我會很快就有消息回覆，你不用掛心。

記得要幫犬犬洗澡！要好好照顧自己，身體健康很重要！

時計

我把信丟在阿敏家的院子裡，背著背包就在路邊攔了一輛出租車，「真是劃時代的改變，在『留時里』路邊竟然可以攔到計程車。」我心裡對這樣的改變感到興奮。

坐在車上，轉身對著那排路樹，那排家家有院落的房子、那片田地、那座鐘塔，揮揮手說再見，也許我明天就會回來，也許幾個月後才回來，或者就不回來了。

也許帶著她，也許獨自一人。

也許？誰知道呢？這世界有千萬種可能！而我知道，我的生活以及時間，都會繼續一直往前進，直到某天我消逝為止。

——全文完——

後記

為什麼要寫一個：一群人像實驗室裡的控制組，在不受時間、地域干擾的溫室裡生活，但工作卻又必須往外單點連線的故事？因為自己很好奇：如果這個我是生活在外太空，那這個我的本質，是否不變？這個本質的我，是永恆不變的嗎？

我常覺得，小說裡的人物，會走出自己的故事，「時計」正好是這樣的角色。她在第一本書「流失里」中，原先我給她的設定是：一位有點男孩子氣，有莫名的氣質，會吸引眾多男生喜愛，調皮、懶散、長不大、不成熟的女孩，但寫著寫著，她竟然就變成一位會愛上女生的女孩了。所以，「時計」也許就是在宇宙的某個時空中本質永恆不變的角色吧？來到書中，她也演出自己的故事。

有朋友問我，你的小說，有投射任何真實的人物嗎？

沒有的，我的小說寫得是虛空中的故事，沒有投射誰，即使投射了，也不重要。

因為就像「流失里」里長說的：「我們每個人，都在自己的經緯度上生活。」

如果故事中的某個角色，恰恰跟你很像，那也可能是因為你的經緯度跟他或她非常地趨近吧！

文刀莎拉

釀小說113　PG2348

留時里

作　　者　　文刀莎拉
責任編輯　　陳慈蓉
圖文排版　　周怡辰
封面設計　　緣曜華／葛里芬國際廣告
封面完稿　　劉肇昇

出版策劃　　釀出版
製作發行　　秀威資訊科技股份有限公司
114 台北市內湖區瑞光路76巷65號1樓
電話：+886-2-2796-3638　傳真：+886-2-2796-1377
服務信箱：service@showwe.com.tw
http://www.showwe.com.tw
郵政劃撥　　19563868　戶名：秀威資訊科技股份有限公司
展售門市　　國家書店【松江門市】
104 台北市中山區松江路209號1樓
電話：+886-2-2518-0207　傳真：+886-2-2518-0778
網路訂購　　秀威網路書店：https://store.showwe.tw
國家網路書店：https://www.govbooks.com.tw
法律顧問　　毛國樑　律師
總 經 銷　　聯合發行股份有限公司
231新北市新店區寶橋路235巷6弄6號4F
電話：+886-2-2917-8022　傳真：+886-2-2915-6275

出版日期　　2020年3月　BOD一版
定　　價　　230元

Printed in Taiwan

國家圖書館出版品預行編目

留時里 / 文刀莎拉著. -- 一版. -- 臺北市：釀出版,
2020.03
面； 公分. -- (釀小說；113)
BOD版
ISBN 978-986-445-375-7(平裝)

863.57 108022875

讀者回函卡

感謝您購買本書，為提升服務品質，請填妥以下資料，將讀者回函卡直接寄回或傳真本公司，收到您的寶貴意見後，我們會收藏記錄及檢討，謝謝！

如您需要了解本公司最新出版書目、購書優惠或企劃活動，歡迎您上網查詢或下載相關資料：http:// www.showwe.com.tw

您購買的書名：________________________________

出生日期：________年________月________日

學歷：□高中（含）以下　□大專　□研究所（含）以上

職業：□製造業　□金融業　□資訊業　□軍警　□傳播業　□自由業

□服務業　□公務員　□教職　□學生　□家管　□其它_____

購書地點：□網路書店　□實體書店　□書展　□郵購　□贈閱　□其他

您從何得知本書的消息？

□網路書店　□實體書店　□網路搜尋　□電子報　□書訊　□雜誌

□傳播媒體　□親友推薦　□網站推薦　□部落格　□其他__________

您對本書的評價：（請填代號　1.非常滿意　2.滿意　3.尚可　4.再改進）

封面設計____　版面編排____　內容____　文／譯筆____　價格____

讀完書後您覺得：

□很有收穫　□有收穫　□收穫不多　□沒收穫

對我們的建議：________________________________

____

____

____

請貼
郵票

11466
台北市內湖區瑞光路 76 巷 65 號 1 樓
秀威資訊科技股份有限公司 收
BOD 數位出版事業部

（請沿線對折寄回，謝謝！）

姓　名：＿＿＿＿＿＿＿＿＿＿＿　年齡：＿＿＿＿＿　性別：□女　□男

郵遞區號：□□□□□

地　址：＿＿＿＿＿＿＿＿＿＿＿＿＿＿＿＿＿＿＿＿＿＿＿＿＿＿＿＿

聯絡電話：(日)＿＿＿＿＿＿＿＿＿＿＿＿(夜)＿＿＿＿＿＿＿＿＿＿＿＿

E-mail：＿＿＿＿＿＿＿＿＿＿＿＿＿＿＿＿＿＿＿＿＿＿＿＿＿＿＿＿